천천히
가도 —
— 괜찮아

책수레

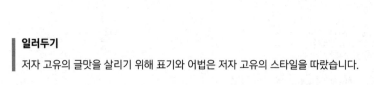

일러두기

저자 고유의 글맛을 살리기 위해 표기와 어법은 저자 고유의 스타일을 따랐습니다.

천천히 가도 — — 괜찮아

인생은 속도가 아니라 방향이 중요해요.
걷다 보면 결국 목적지에 도착하니까요.

이재범 (핑크팬더) 지음

책수레

저와 함께
천천히 걸어가실래요?

1년 365일 글을 썼습니다.

아니, 글을 쓰고 있습니다.

어느 순간 글쓰기는 제 삶이 되었습니다.

하루도 빼놓지 않고 글을 쓰게 되었습니다.

글을 쓰기 싫은 날도 있었습니다.

딱히 쓸거리가 없던 날도 있었습니다.

습관이 된 글쓰기는 그런 날에도 절 의자에 앉게 하더군요.

루틴(routine)처럼 뭐라도 끄적이지 않으면 안 되었습니다.

누가 강요한 것이 아닌데도 글을 썼습니다.

해가 뜬 날이나 비가 오는 날에도 썼습니다.

연휴에도 빠지지 않고 썼습니다.

너무 바빠 시간이 없는 날에는 늦게라도 썼습니다.

마음이 아플 때는 글로 스스로를 보듬었습니다.

기쁜 날에도 글로 표현했습니다.

그렇게 쓴 글을 모았습니다.

부담 없이 여러 이야기를 편하게 하고 싶었습니다.

너무 형식에 얽매이지 않고

주제, 소재와 상관없이 딱딱하지 않은 글을 말이죠.

전문적인 이야기도 느긋하게 말하고 싶었습니다.

그렇게 어깨 힘을 빼고 유연한 자세로 할 말을 했습니다.

다행히도 많은 분들이 제 글을 읽어줬습니다.

힘들고 어려울 때 힐링이 된다는 분들도 있었습니다.

오늘 하루 답답했는데

제 글을 읽고 잠시 맑은 느낌이 들어 고맙다는 분들도 있고요.

최근에 나태해졌는데 제 글을 읽고

다시 각오를 다지게 되었다고도 합니다.

목에 힘을 빡! 주고 샤우팅 하길 원하지 않았습니다.

눈에 핏발 세워 빔을 쏘고 싶지도 않았습니다.

그럴 수 있다며 어깨를 토닥이고 싶었습니다.

계속 걸어가면 좀 더 전진할 수 있다고 말하고 싶었습니다.

우리가 살아가는 삶은 좋을 때도 있고 나쁠 때도 있습니다.

내 마음대로 되는 것도 많지만

내 마음대로 되지 않는 것은 더욱 많습니다.

어떤 일이 있어도 우리 삶이 계속된다는 건 변함없죠.

우리 인생에 있어 그게 핵심이 아닐까요?

어제를 살았던 나는

오늘도 살아갈 테고

내일도 여전히 살아가겠죠.

쉽사리 흔들릴 이유가 있을까요?

좋을 때는 마음껏 기뻐하고

슬플 때는 마음껏 눈물 흘리고

감정 정리를 한 후에 다시 걸어가면 됩니다.

내일은 어떤 일이 나에게 또 올지 모르니까요.

1년 365일 쓴 글 중에 많은 분들이
공감해 주고 좋아해 주고 '엄지 척!' 하신 글을
더 많은 분들과 나누기 위해 엄선하여 책으로 엮었습니다.

편하게 아무 글이나 읽으세요.
순서대로 읽을 필요가 전혀 없습니다.
목차를 보시고 마음이 가는 글만 읽어도 됩니다.
가슴이 가는 글, 눈에 들어오는 글만 읽어도 됩니다.

제가 쓴 글이
깃털처럼 가볍고
바위처럼 무거운
의미가 되었으면 합니다.

저와 즐겁게 걸어보실까요!

핑크팬더 이재범

차례

2부 오늘도 읽고 보고 써요

3부 오르막길을 가는 동안

4부 묵묵히 걸어갈래요

1부

뚜벅뚜벅
걸어요

일상에서 소소한 행복을 찾으면

매일매일이 즐겁습니다

나는 누군가에게 어떤 사람일까?

길을 걷다 아는 사람을 만날 때가 있습니다.
그럴 때 반응은 둘 중 하나입니다.
그 사람이 나를 보기 전에 피하거나
반갑게 맞이하며 알은척하거나.

저는 좀 주변을 잘 살피는 편입니다.
상대방이 저를 보기 전에
먼저 상대방을 보는 경우가 많습니다.
다들 무엇에 그리 집중하는지 절 모르더군요.

워낙 주변을 잘 살펴보는 스타일이라
누군가 아는 사람이 나타나면 금방 눈치챕니다.
어떤 사람이든 자신만의 고유한 스타일이 있습니다.
걷는 모습, 옷 입는 스타일, 풍기는 분위기.
이런 걸로 상대방을 금방 눈치챕니다.

동네에서 아는 사람이 보일 때
제가 먼저 피하는 경우가 많습니다.
친하지도 않은데 굳이 알은척하는 것도 그렇고요.
알은척하시는 게 부담스러워 그럴 때도 있고요.

동네가 아닌 곳에서도 가끔 우연히 만날 때가 있습니다.
바로 앞에서 갑자기 만나는 경우도 있지만
보통 저만치 올 때부터 알게 되는 경우가 많죠.
모른 척할 때도 있고 알은척할 때도 있습니다.

오늘 강남 교보문고 사거리에서 아는 사람을 봤습니다.
서로 교차하며 지나갔는데 상대방은 절 못 봤습니다.
순간 쫓아갔습니다.
길을 잽싸게 건넌 후에 그 앞에 얼쩡거렸죠.

저를 알아보고 환하게 웃더군요.
어디 가느냐고 물은 후 이런저런 간단한 이야기를 나눴습니다.
그 후에 서로 각자 갈 길을 갔습니다.
신기하게 이 근처에서는 아는 사람을 자주 만나네요.

나는 누군가에게 어떤 사람일까.

알은척하고 싶은 사람일까?

부담스러워 피하고 싶은 사람일까?

갑자기 궁금해지더군요.

누군가에게 부담스러운 존재인지?

알은척하며 반갑게 맞이할 존재인지?

이왕이면 반가운 존재였으면 좋겠네요.

나 자신이 먼저 피할 때도 많으면서 말이죠.

길에서 우연히 만났을 때

나는 어떤 사람으로 기억될까?

보자마자 웃으며 반갑게 맞이할까?

순간적으로 급히 피하게 될까?

여러분이 만약 절 알아본다면 어떻게 하시겠어요?

서툰 감정표현

예쁘다.
귀엽다.
멋지다.
최고야.

이런 이야기를 자주 하시나요?
저는 거의 하지 않습니다.
그렇다고 저런 생각을 안 하는 건 아닙니다.
저도 자주 하는 편입니다.

이상하게 예쁜 사람을 보고 예쁘다는 표현을 안 합니다.
귀엽다고 느낄 때 귀엽다고 말하지 않습니다.
그런 이야기를 지금까지 한 적이 거의 없습니다.
그저 속으로만 생각했습니다.

누군가 아플 때 사람들이 괜찮냐고 말합니다.

어떤 친구는 자기 일처럼 신경 쓰며 괜찮냐고 묻더라고요.

저는 그런 때에도 말없이 지켜보는 쪽입니다.

그렇게 하는 건 너무 유난스럽다는 생각도 합니다.

저는 감정표현이 대체로 서툰 편입니다.

특히나 칭찬과 관련해서는 무척 겸연쩍어합니다.

예쁘면 예쁘다고 한마디만 하면 되는데 말이죠.

잘했으면 잘했다고 웃으면서 말하면 되는데 말이죠.

칭찬할 때도 대체로 돌려서 이야기했습니다.

직접 말하는 건 다소 쑥스러워서 말이죠.

그렇게 해도 상대방이 대부분 알 것이라 봤습니다.

그렇지 않다는 걸 깨달았습니다.

상대방이 잘하는 건 직접 칭찬해야죠.

그게 왜 그리 쑥스러웠을까요?

내 감정을 표현하지 않으면 상대방이 알 수 없죠.

내 마음과 달리 상대방은 모르는 경우가 태반입니다.

상대방에게 칭찬받을 때 그렇게 좋을 수 없습니다.

무척 쑥스럽지만 뿌듯하고 흐뭇하죠.

저는 그런 칭찬을 받아 놓고 상대방에게는 하지 않는다?

그런 관계가 오래가긴 힘들 듯합니다.

'쟤는 뭐냐? 기분 나빠.'

상대가 이렇게 받아들이면 관계 유지가 힘들겠죠.

생각해 보니 제가 그런 사람이었습니다.

감정 표현이 서툴고 칭찬을 잘 못했습니다.

최근에 그런 조언을 받았습니다.

여러 날 오래도록 생각하며 제 성격의 결함이라 판단했습니다.

갑자기 하려면 힘들겠지만 연습해서 노력하려고요.

제 장점이 이런 경우 받아들이고 개선하려 노력하는 것이거든요.

고마워!

덕분에 나 멋지고 훌륭한 사람이 될 듯!

SNS는 보여 주기 위한 것

하루가 무료하다고 생각할 때가 있습니다.
어제나 오늘이나 다른 건 없습니다.
똑같은 하루인데도 그런 느낌이 듭니다.
'뭐 할 게 없나?' 이런 생각도 합니다.

무엇인가 멋지고 화려한 일을 하면 좋겠다.
밑도 끝도 없이 이렇게 터무니없는 생각을 합니다.
세상에 그런 일은 없는데도 말이죠.
우리가 하는 모든 일은 결코 멋지고 화려하지 않죠.

오히려 지루한 일상의 반복이 더 많습니다.
그 반복을 오랫동안 참고 견뎌낼 때
의도한 바를 이룰 때가 더 많습니다.
그걸 참아내느냐의 싸움인 경우가 거의 모두죠.

행복은 항상 상대적이라는 사실을 잊고 삽니다.

다른 사람의 삶을 보면 언제나 부럽습니다.

나도 저렇게 되었으면 좋겠다고 생각합니다.

그들도 보여 주고 싶은 것만 보여 주는데 말이죠.

예전에는 부자가 얼마나 대단한지 몰랐습니다.

나랑 똑같이 생긴 사람인데 먹고 쓰는 단위가 다릅니다.

나는 일상에서 벗어나지 못해 답답한데

평일 낮에도 내가 가지 못할 곳에서 여유롭게 즐기고 있습니다.

현대인이 더 힘들고 상대적 박탈감을 가지는 이유라고 봅니다.

이제는 너도나도 누구나 다 하는 SNS가 보여 줍니다.

그런 모습을 보며 비루한 내 삶을 돌아보니 우울합니다.

정작 그런 사진을 누군가 찍어줬다는 사실은 잊습니다.

자신이 찍은 일상이 아닌 보여 주기 위한 일상인 경우도 많죠.

차라리 그럴 때는 보고 부러워하지 말고

SNS를 차단하거나 보지 않는 게 좋습니다.

보지 않는다면 그건 나랑 상관없습니다.

알지 못하면 부러워할 일도 없습니다.

지금 당신의 인생이 전성기

제가 늘 조심하고 경계하는 것이 있습니다.
저는 아주 지극히 평범한 사람이라는 겁니다.
흔히 보이는 배 나온 아저씨일 뿐이라는 겁니다.
뱃살을 뺀 아저씨로 변해야 할 텐데 말이죠.

꾸준히 하다 보니 운 좋게 책도 내고 강의도 합니다.
남들 앞에서 무엇인가를 한다는 사실 덕분에
다른 분들이 볼 때 좀 대단해 보일지도 모릅니다.
그냥 그렇게 사람들 눈에 보일 뿐입니다.
그 이상도 그 이하도 아니라고 생각합니다.

우연치 않게 다양한 글을 쓰고 있습니다.
이로 인해 실제 제 능력보다 다소 높게 보이는 듯합니다.
반면에 저를 폄하하고 안 좋게 보는 분들도 있습니다.
이런 현상은 특히 책을 펴냈을 때 심하긴 합니다.
이런 부분은 제가 어떻게 할 수 있는 영역은 아닙니다.

그저 아는 지식과 경험을 이야기할 뿐입니다.

다시 한번 말하지만 그저 운 좋게 그렇게 되었습니다.

제가 투자를 잘한다고 생각하지 않습니다.

시중 투자 강의 중 꼴찌라고 평가해도 불만은 없습니다.

올바른 정보와 지식을 알려 드리려 노력할 뿐입니다.

제 강의를 들으러 오신 분이나 글을 읽는 분들도

각자 자신이 하는 일이 분명히 있습니다.

그런 부분에서는 제가 오히려 그분들에게 배워야죠.

그렇지 않습니까?

다들 자신이 하는 일에 있어서는 저보다 많이 압니다.

제가 그 영역을 알고 싶어 배우려 하면 저에게 선생님이죠.

각자 역할이 다를 뿐이라 봅니다.

황송하게도 저를 선생님이라고 불러 주시는데

제가 볼 때 존중만 해 주면 됩니다.

우리 모두 훌륭하고 대단한 사람입니다.

누구도 당신의 인생을 대신할 수 없습니다.

누구나 자기 인생을 대신 살아보라면 너무 힘들다고 할 겁니다.

살아온 인생이 결코 녹록지 않은 건 똑같지 않나요?

여러분 앞에서 강의하고 글로 알려주는 사람들만큼

여러분도 각자 자신의 위치에서 최선을 다해 살아왔습니다.

그저 각자 다른 방법으로 살아왔을 뿐입니다.

누구 인생이 더 가치 있고 의미 있는 건 아닙니다.

여러분은 모두 주인공입니다.

내 인생은 누구도 대체할 수 없습니다.

오로지 나만이 할 수 있었고

앞으로도 나만이 가능합니다.

찰리 채플린이 말한 것처럼

인생은 멀리서 보면 희극이지만

가까이서 보면 비극입니다.

지금 살아가는 당신의 인생이 *벨 에포크이고

바로 지금이 가장 전성기입니다.

계속 그 전성기를 이어가면 되는 것 아닐까 합니다.

여러분 모두 그 누구도 아닌 나 자신이 되세요.

*벨 에포크(belle époque): 프랑스어로 '좋은 시대'라는 뜻으로, 과거의 좋았던 시절을 말한다.

한 끼 굶어도 안 죽어요

'침소봉대'라는 표현이 있습니다.
별것 아닌 걸 크게 과장하는 거죠.
우리의 고민과 걱정도 그렇습니다.
별일도 아닌데 스스로 키우는 거죠.

긍정적인 면과 부정적인 면이 있을 때
인간은 긍정보다 부정에 더 민감합니다.
인간의 뇌는 그렇게 구성되어 있습니다.
인간이 생존할 수 있었던 이유입니다.

아주 작은 위험에도 항상 인간은 도망갑니다.
생존한 사람들은 사실 대부분 비겁합니다.
위험에 당당히 맞서기보다는 도망가기 바빴습니다.

어떻게 보면
노력할 수 있다는 것만으로도
우리는 행운아인 겁니다.
노력 자체만으로도요.

노력할 수 있는 것 자체가 행운입니다.
매일 노력할 수 있다는 건
엄청난 행운인 거죠.

그런 면에서 여러분에게 하루하루가 행운입니다.
매일 노력하고 있죠?
그렇다면 행운이 엄청난 거네요.
다들 행운이 넘치세요!

당신이 행복했으면 합니다

당신이 행복했으면 합니다
당신만을 생각하세요.
당신이라도 행복하도록 말이죠.
당신을 희생하지 마세요.

가족을 위해 모든 걸 희생하지 마세요.
자신을 위해 하세요.
당신이 먼저 행복해야 가족도 행복합니다.
당신의 희생으로 가족이 행복하다고 생각하지 마세요.

당신이 즐겁게 하루를 살아야 합니다.
당신이 웃는 모습을 보일 때
다른 사람도 그 모습을 보고 웃습니다.
당신이 먼저입니다.

이기적이라고 해도 좋아요.
당신이 행복하다면 말이죠.
행복한 삶은 남을 의식하지 않는 거죠.
내가 재미있고 즐거우면 됩니다.

내 선택으로 누가 슬퍼할까 생각지 마세요.
당신이 하는 선택을 그들은 응원할 겁니다.
당신이 행복해지기 위한 선택인데
지지하지 않는다면 그들은 당신을 사랑하지 않는 겁니다.

당신만 생각하세요.
당신이 먼저 행복하세요.
당신이 즐거워야 합니다.
당신은 세상에 단 하나뿐이니까요.

당신이 웃고 행복할 때 부모님이 행복합니다.
당신이 즐겁고 신날 때 가족도 행복합니다.
당신이 박장대소할 때 주변 사람도 함께 웃습니다.
당신이 먼저입니다.

하루가 행복합니다.

당신 때문에.

하루가 즐겁습니다.

당신 때문에.

이 세상에 나는 유일합니다.

그 누구도 나를 대신할 수 없습니다.

당신은 그런 존재입니다.

당신이 행복했으면 합니다.

인정할 건 인정하자

욕심이 없는 사람은 단 한 명도 없죠.

그건 저라고 다르지 않습니다.

다만 상대적으로 물욕은 좀 적은 편입니다.

그저 내 능력만큼 생긴다는 입장이기도 하고요.

그렇다고 욕심이 없다는 건 결코 아닙니다.

욕심은 나 자신을 더 성장시키는 원동력이 되기도 합니다.

여기서 한 발자국 더 나아가서 욕망이 되면 위험하고

욕심이 탐욕으로 변하면 아무것도 눈에 들어오지 않습니다.

즐겁게 하는 사람을 이길 수 없다는 이야기가 있죠.

이에 대해서 서장훈이 한 말이 있습니다.

"노력하는 자는 즐기는 자를 못 이긴다고요? 다 뻥이에요."

한국 농구의 정점에 섰던 서장훈의 이 말을 허투루 들을 순 없죠.

즐기는 건 자신이 하는 분야에 있어 기본이죠.

즐긴다고 꼭 잘하고 정상에 서는 건 절대로 아닙니다.

이 세상에는 자기 일을 즐기면서 하는 사람이 많습니다.

특히 아마추어일수록 자기 일을 더 즐기면서 하기 마련입니다.

이런 분들이 프로와 경쟁해서 이기는 경우는 절대로 없습니다.

정상에 서는 사람들은 즐기기보다

욕심이 많다고 봐야 하지 않을까요.

1등이 되고 싶다는 욕심.

부자가 되고 싶다는 욕심.

이런 것들이 모여 더 노력하고 인내하게 만듭니다.

지금 죽을 것처럼 힘들어도 그 욕심이 나를 성장하게 합니다.

이건 즐긴다고 해결되는 것 이상의 인간 심리가 작용합니다.

그 욕심이 결국 자신의 한계를 극복하게 만드는 게 아닌가 합니다.

한편으로는 자신을 인정하기는 참 힘듭니다.

자신의 한계를 인정한다는 것은 씁쓸한 맛입니다.

더 잘할 수 있는 데 여기서 멈추는 것은 아닐까?

나라고 정상에 서고 싶은 욕심이 없는 것은 아닌데

이걸 인정하는 게 맞는 건가.

똑같이 노력하는데 누군가는 정상에 서고
나는 여전히 그 근처에 가지 못했다는 자괴감도 생기죠.
나는 왜 안 되는지 자문해도 답은 못 찾습니다.

개인이 가진 탤런트와 매력이라는 측면도 무시할 수 없고요.
안타깝게도 이건 노력한다고 쉽게 얻을 수 있는 건 아닙니다.
사람마다 타고난 부분이 있기에 이걸 극복하는 건 어렵더라고요.

성공한 사람들은 대체로 엄청난 욕심쟁이입니다.
대부분의 사람들이 이걸 깨닫지 못할 정도로
겉으로는 친절하고 예의 바릅니다.
속으로는 엄청난 욕심이 가득합니다.
성공에 대한 욕심이든 무엇이든 말이죠.

남들이 보든, 보지 않든 노력합니다.
욕심이란 그런 겁니다.
욕심을 나쁜 것이 아닌 긍정적으로 전환하면
남들과 완전히 다른 행동을 할 수 있는 원동력입니다.
솔직히 제가 가장 부족한 영역이기도 하고요.

욕심도 있고 엄청난 노력도 하는데

타인에 대한 배려가 없는 사람이 있습니다.

이런 사람들은 대체로 욕을 먹습니다.

그 덕에 욕심에 대한 부정적인 이미지가 생기죠.

이런 분들은 성공하더라도 외롭고 늘 불안합니다.

바로 그런 욕심 덕분에 성공했을지 몰라도

시간이 지날수록 인정을 못 받는 가장 큰 이유가 아닌가 합니다.

'나도 저 정상에 가고 싶은데!'

노력하는데도 무슨 차이가 있는지 쉽게 되지 않습니다.

이를 인정하는 것이 참 어렵고 힘듭니다.

흔히 인정하면 오히려 편하고 더 부담 없이 할 수 있다고 합니다.

그것도 맞지만 한편으론 비참해지기도 합니다.

나는 왜 안 될까?

이런 의문에 스스로 답하며 인정하는 것이 맞는지.

더 욕심을 가지고 자가발전하여 노력하는 것이 맞는지.

인정하는 게 포기를 의미하는 건 아닙니다.

여기까지가 내 노력이었다.

나보다 저들이 더 노력했고 욕심이 많았다.

인정할 것은 인정하자.

다시 새롭게 각오를 다지고 노력하자.

새로운 욕심으로 출발하자!

제가 뭐 거창하게 독려하고

이렇게 하라고 이야기하는 스타일은 아닙니다.

그런 스타일을 그다지 좋아하지도 않고요.

"네가 뭔데 그런 이야기를 함부로 하느냐?"

그런 스타일입니다.

나 자신도 제대로 못 하면서 남에게 뭐라 할 자격이 되나요?

내가 나를 봐도 부족한 것투성이고 부끄러운데 말이죠.

그럼에도 욕심을 갖고 노력해야죠.

남은 하루를!

남은 달을!

남은 생을!

눈치 보는 게 아니라 배려하는 것

저는 눈치가 좀 빠른 편입니다.
짐짓 눈치채고 알아서 하거나 아무것도 안 합니다.
잘 모르는 척하는 편이기도 하고요.
돌아가는 상황도 빨리 체크하고요.

이런 걸 눈치라고 할 수 있는데
심하게 눈치 보는 사람들이 있습니다.
무언가를 할 때마다 자신 있게 못 합니다.
눈치 보느라 쭈뼛쭈뼛하는 거죠.

너무 눈치를 보는 사람도 문제지만
너무 눈치가 없는 사람도 문제죠.
본인이 눈치 없는 걸 모르니 말이죠.
그렇게 볼 때 차라리 눈치 보는 게 더 좋은지도 몰라요.

눈치를 본다는 건 주변 상황을 잘 안다는 뜻입니다.
괜히 주눅들 필요가 전혀 없습니다.
엄청나게 영특하다는 뜻이 되니 말이죠.
눈치 본다고 또 눈치 보지 마세요.

눈치를 본다는 건
어떻게 보면
남을 배려한다는 뜻도 됩니다.
배려는 다른 사람을 생각한다는 뜻이죠.

눈치를 잘 보니 상대방이 무엇을 하려는지 압니다.
이러니 자연스럽게 상대방을 배려하게 됩니다.
이걸 나쁘게 볼 필요는 전혀 없습니다.

혹시 너무 눈치 보며 산다고 의기소침한가요?
전혀 그럴 이유가 없습니다.
오히려 남을 배려하는 사람입니다.
얼마나 배려하면 계속 눈치를 보겠습니까.

눈치를 보지 않는데 배려하기는 힘들죠.
모든 일은 마음먹기에 달렸습니다.
앞으로는 눈치 본다고 생각하지 말고
배려 돋는 행동이 유독 심하다고 하세요.

당신의 배려가 멋집니다!

저 돈 많아요

어지간하면 안 받습니다.
워낙 스팸 전화가 많죠.
그나마 요즘은 다행이긴 합니다.
알아서 뭔지 뜨니 말이죠.

제가 쓰는 폰에는 뜹니다.
지금 오는 전화가 어디인지 말이죠.
저장되지 않은 번호에서 전화가 와도
이게 무슨 전화인지 뜹니다.

'나빠요'
이런 메시지도 함께 표시되죠.
대출인지 보험인지
이런 식으로 표시됩니다.

이런 것들은 거의 대부분

이미 전화를 받은 사람들이 그 내용을 적은 것이죠.

덕분에 편히 스팸을 거를 수 있습니다.

오늘도 전화가 오는데 아무 표시가 없습니다.

보통 이럴 때 받지 않습니다.

때마침 누군가의 연락을 기다리는 중이었습니다.

일반 전화로 하는 것인지도 몰라 고민 끝에 받았습니다.

안타깝게도 슬픈 예감은 맞았습니다.

대출받으라는 전화였습니다.

현재 고금리 대출을 쓰냐고 묻습니다.

중금리로 바꾸라는 전화입니다.

관심 없다고 이야기했죠.

생활자금 대출을 받으라고 합니다.

의도한 것은 아닙니다.

저도 모르게 제 입에서 나왔어요.

"저 돈 많아서 필요 없어요~!"

영화 <신세계>에서 황정민이 한 대사입니다.

대출 전화가 오니 황정민이 그렇게 전화를 받죠.

그 장면을 보면서 속으로 무척 대단하다.

나도 한번 저렇게 해 보고 싶다고 했었습니다.

스팸 전화를 받은 적은 거의 없습니다.

대부분 문자였기 때문이죠.

그토록 해 보고 싶었던 말을 했습니다.

그것도 바로 오늘 말이죠.

"저 돈 많아서 필요 없어요~!"

하하하.

안녕! 안녕! 안녕!

안녕!
넌 날 힘들게 하더라.
너 때문에 좀 피곤해.
그래도 인사할게.

안녕! 고민아!
고민하느라 많이 힘들어.
고민하느라 고민인데 어쩌겠니.
고민 덕분에 소중함도 알게 되잖아.

안녕! 근심아!
근심이 덕분에 생각이 많아.
눈을 감아도 자꾸 떠오르네.
근심아, 잘 가!

안녕! 피곤아!

너무 무리했나 봐.

기운이 없고 몸이 좀 무겁네.

덕분에 건강의 소중함을 알게 되었어.

안녕! 스트레스야!

최근 스트레스가 장난이 아니야.

잘하고 싶은데 마음대로 되지 않아.

더 열심히 해야겠지.

안녕! 공포야!

난 하지도 않았는데 두려워.

더 잘하고 싶은데 겁이 나.

해 보지도 않고 널 받아들이진 말아야겠지.

안녕! 기쁨아!

너무 신나고 즐거워.

너와 함께 할 때는 언제나 좋아.

계속 너랑 있고 싶어.

안녕! 운동아!
오늘도 해야겠지.
쉬고 싶지만, 하지 않으면 안 되겠지.
할 수 있을 때 해야 건강할 테니.

안녕! 감기야!
오랜만이네.
별로 반갑지 않지만 왔구나.
빨리 가면 좋으니 미리 인사할게, 바이!

안녕! 행복아!
항상 나와 함께였지?
내가 널 자주 잊는구나.
잊지 않도록 할 테니 절대로 다른 데 가지 마!

세뱃돈 받을 때가 좋았는데

아이들과 조카들에게 줄 세뱃돈은 늘 골칫거리입니다.
많이 줘야 하는지
적당히 줘야 하는지
주는 사람도 받는 사람도 항상 고민입니다.

나이가 다 다르니 똑같이 줄 수도 없습니다.
거기에 따른 불만도 분명히 있으니까요.
이걸 또 만족시켜 주는 것도 쉽지 않습니다.
항상 주고도 뭔가 만족스럽지 않습니다.

예전에는 나이에 따라 줬습니다.
초등학생, 중학생, 고등학생 등.
그러다 나이에 따라 준다는 이야기를 들었습니다.
저도 따라 했습니다.

처음에는 나이에 맞춰 1,000원씩 줬습니다.

이게 괜찮기는 한데 입이 나옵니다.

세뱃돈이 너무 적다고 말이죠.

정작 아이들은 별 이야기가 없는데

부모들의 불만이 나오더라고요.

저는 용돈을 아주 적게 줘서 좋기는 했습니다.

20살이라도 겨우 2만 원이니 말이죠.

제가 생각해도 이건 좀 적긴 합니다.

하여 다시 고민했습니다.

그렇다고 나이당 1만 원은 너무 지출이 큽니다.

고민한 끝에 결국 나이당 5,000원으로 결정했습니다.

이렇게 주니 일단 누구도 불만이 없습니다.

자기 나이만큼 받으니 너무 좋은 거죠.

이게 결코 적은 돈은 아니거든요.

덕분에 미리 나이를 계산하느라 바쁩니다.

은행에서 미리 신권을 찾아야 하니 말이죠.

더 큰 문제는 따로 있습니다.

제 아이들과 조카들을 포함하면 꽤 많아요.

10명은 가뿐하게 넘어가니

세뱃돈을 주려면 결코 적지 않은 돈입니다.

더구나 아이들이 이제는 전부 커서 말이죠.

20살 넘은 녀석은 언제까지 줘야 하는지.

'20살부터는 한계를 정할까?'라는 생각도 합니다.

설마다 상당히 큰돈이 나가니 정말로 휘청하네요.

힘들다고 이걸 줄일 수도 없고요.

세뱃돈을 제대로 주기 위해서라도 잘해야겠어요.

이놈들은 이런 고민을 알지도 못하고 궁금하지도 않겠죠.

그저 어떻게 하면 세뱃돈 받은 걸로 뭘 할까 고민할 뿐.

설을 위해 열심히 살아야 해요.

세뱃돈 받을 때가 좋았는데. ^^

그곳은 악마의 장소

전혀 생각이 없었습니다.
단 1도 가질 생각이 없었습니다.
딱히 별 불편도 없었습니다.
내년쯤으로 생각했습니다.

지금까지 갤럭시 노트만 계속 사용했습니다.
노트7을 제일 아쉽게 생각하고 있어요.
일단 큰 화면이 가장 마음에 듭니다.
펜은 그다지 많이 쓰진 않았고요.

대부분 2년 주기로 폰을 바꿉니다.
약정이 걸려있기 때문이죠.
얼마 전에 2년 약정이 끝났다는 문자가 왔습니다.
가족 모두에게 문자가 온 게 바로 문제입니다.

대체로 가족이 다 함께 바꾸기 때문이죠.

다른 놈(?)에게도 문자가 갔습니다.

사춘기 때는 아주아주 폰을 많이 쓰죠.

금방 폰이 맛 가서 상태가 심각해집니다.

폰을 바꾸자고 열심히 저를 들쑤십니다.

저번에 매장에 한번 가서 상담도 받았습니다.

저는 안 간다고 했습니다.

"그곳은 악마의 장소야!"

말은 이렇게 했지만 결국 갔습니다.

다 가는데 저 혼자 빠지기가….

역시나 간 게 화근입니다.

아무 생각 없이 갔는데 폰을 바꾸는 걸로….

굳이 변명하자면 "어차피 매월 내는 돈은 똑같다."

노트10은 5G라서 사실 안 하려고 했습니다.

제가 패밀리 요금제로 묶여 있어서 말이죠.

한 달에 가족 단위로 공유하는 데이터가 있거든요.

대리점에서는 노트10도 가족 데이터 공유가 된답니다.

게다가 가족 공유 데이터가 오히려 많아진다고 하네요.

그러니 무조건 변경하라고 합니다.

그렇게 얼떨결에 저도 모르게

그만 OK를 날리고 말았습니다.

뜻하지 않은 폰 교체로 저녁 내내 바빴네요.

솔직히 이제는 그놈이 그놈입니다.

새로운 노트 폰이 더 좋은지는 모르겠습니다.

더구나 이어폰 단자가 없어졌더군요.

일반 이어폰은 귀에서 자꾸 빠져서 귀에 거는 걸로 합니다.

연결 잭을 따로 사야 합니다.

쓸데없이 지출만 늘어나는 노트 10!!!

저에겐 지름신 악마네요.

2~3주에 한 번이라도 청소

전에 살던 집에서는 안 했습니다.
엄두가 안 나더라고요.
워낙 먼지가 많이 쌓여 있어서 말이죠.
그냥 포기했습니다.

어느 정도 청소를 하지만
구석구석 손이 안 가는 곳이 있죠.
그런 곳을 냅두면
서서히 먼지가 쌓입니다.

그걸 건드리면 엄청난 대청소가 되죠.
할지 말지 애매합니다.
고민 끝에 그냥 놔두죠.
그렇게 계속 쌓입니다.

청소하려 해도 먼지가 많이 쌓이면
청소하거나 닦기 어렵습니다.
워낙 먼지가 깊고 두껍게 쌓여서
오히려 대청소가 되니 냅두게 됩니다.

이사하며 나름대로 결심했습니다.
매일은 못 하더라도 가끔씩 청소하자.
최소한 먼지가 쌓이지 않을 정도만이라도.
그 정도는 충분히 할 수 있지 않을까?

2~3주에 한 번씩 주말에
먼지 청소를 하기로 마음먹었습니다.
매일은 도저히 불가능하고요.
일주일에 한 번씩도 솔직히 힘들죠.

2주에 한 번이라도, 3주에 한 번이라도
먼지가 수북하게 쌓이기 전에
이놈을 좀 흐트러뜨리자.
귀찮지만 2주에 한 번씩 청소하고 있습니다.

역시나 그렇게 하니

먼지가 수북하게 쌓이진 않습니다.

가볍게 먼지떨이만 해도 되더라고요.

귀찮아도 2~3주에 한 번만 하면 되더라고요.

무엇이든 다 그런 듯합니다.

귀찮아도 해야 할 일을 미루지 않기.

그것만 잘해도 뒤처리가 곤란해지진 않습니다.

너무 쌓이면 엄두가 안 나 포기하니 말이죠.

오늘도 그렇게 오후에 먼지 청소와 물청소를 합니다.

편견인지는 몰라도 낮에 해야 할 듯하죠.

먼지가 나는 건 오후에 해야 할 것 같은 느낌 말이죠.

이제 다 끝냈으니 나가 놀아야겠어요!

티끌 모아 충전

평소에 계속 모았습니다.

틈나는 대로 노력했습니다.

정말로 작은 것도 놓치지 않고 말이죠.

그런 것들이 모여야 한다는 걸 알기 때문입니다.

혹시나 떨어진 것이 있으면 그것도 놓치지 않았죠.

그럴 때마다 전부 넣었습니다.

별생각 없이 넣었는데 꽤 두툼해졌습니다.

드디어 기회가 왔습니다.

꽤 무거워졌으니 활용해야죠.

바로 동전 저금통에 모인 돈입니다.

이걸 은행에서 받아 주면 좋기는 하죠.

내 돈 내면서 눈치 보느니 안 하고 말죠.

예전에는 모은 동전을 커피 자판기에 썼습니다.

10원짜리도 잘 받아먹더라고요.

틈나는 대로 돈이 모이면 자판기 커피를 뽑아 마셨습니다.

지금은 동전을 가지고 다닐 일이 없어 못 하죠.

몇 년 전에 새롭게 발상의 전환을 했습니다.

바로 교통카드 충전입니다.

교통카드 기계가 지폐만 받는 건 아닙니다.

동전도 아주 신나게 받아먹습니다.

지금까지 모은 돈을 전부 들고 갔습니다.

주머니가 엄청나게 두꺼워졌습니다.

충전기에 가서 만 원 버튼을 누르고 500원을 넣습니다.

갑자기 어느 순간 더 이상 돈이 들어가지 않습니다.

내 돈을 막 뱉어내기 시작합니다.

'내 돈을 무시하는 거냐?'

순간 짜증이 올라왔습니다.

자세히 살펴보니 이유가 있었습니다.

500원짜리는 10개.

100원짜리나 50원짜리는 15개.

이렇게 한 번에 넣을 수 있더라고요.

어쩔 수 없이 충전할 때마다

한 번에 5,000원만 충전합니다.

뒷사람이 오래 기다리면 미안하니

충전 후 뒤로 비키거나 다른 기계로 이동합니다.

4만 원을 충전했네요.

덕분에 한 달 정도는 아주 편하게 돌아다닐 수 있습니다.

집에 굴러다니는 동전을 이렇게 활용했습니다.

갈수록 쓰기 애매해지는 동전을 말이죠.

'티끌 모아 충전'이라는 표현이 맞죠?

작은 동전도 다시 보자고요.

걸을 수 있을 때 걸어요

평소에 많이 걷습니다.

원래 걷는 걸 좋아하기도 합니다.

30분에서 1시간 거리는 무조건 걷습니다.

이 정도 거리를 걷는 건 당연합니다.

특히나 30분 정도 거리는 대중교통을 이용하지 않습니다.

그 정도 거리는 걸어도 시간상 차이가 없거든요.

그 정도는 무조건 걷는 것이 좋습니다.

자투리 시간이 모여 운동이 되니까요.

이런 이유로 제가 하체는 좀 튼튼합니다.

허벅지가 어지간한 사람보다는 좀 두꺼워요.

제가 봐도 허벅지가 꽤 두껍습니다.

워낙 많이 걸었기 때문인 듯합니다.

걷는 속도도 좀 빠릅니다.

그런 이유 때문인지 분명히 똑같이 걸어도

제가 걸을 때 시간에 비해 걸음 숫자가 적습니다.

좀 빨리 걸으니 그런 듯합니다.

관련하여 '삼성 헬스'를 씁니다.

저절로 알아서 걸음을 측정하죠.

제가 걸으면 카운팅을 하는 앱입니다.

이 앱에 '투게더'라고, 함께 경쟁하는 기능이 있습니다.

한국뿐만 아니라 전 세계 사람들이 함께합니다.

삼성 헬스를 사용하는 사람들이 참여합니다.

앱이라고 표현했지만 갤럭시 폰에는 무조건 있죠.

전 세계 사람들과 함께하니 묘한 경쟁심이 생깁니다.

매달 무조건 참여합니다.

매번 100만 명이 넘는 사람들이 참여하더군요.

정상권에 속한 사람들은 넘사벽이죠.

뭘 하는 분들인지 몰라도 엄청나게 걷습니다.

아마도 걷는 게 직업이거나
도보 여행을 하는 게 아닐까 하는 생각이 들어요.
저는 그 정도까지는 아니지만
지금까지 항상 상위권이었습니다.

늘 상위 20% 내에는 들었습니다.
지난달에는 상위 7%였습니다.
등수로는 105,926위입니다.
참여한 사람은 총 1,470,518명이었고요.

이번 달은 현재 72,573위입니다.
걸음 수는 105,984걸음이네요.
이번 달은 순위가 꽤 상승하겠네요.

일부러 걷지 말고 걸을 수 있을 때 걷자.
될 수 있는 한, 만 보는 채우려 합니다.
1일 만 보 걷기 말이죠.
제 운동 방법입니다.
여러분도 생활 속 걷기 운동을 실천하시길!

널린 게 외제차

몇 년 전부터인지 확실히 기억나지 않습니다.
어느 날부터 갑자기 엄청나게 많이 보입니다.
그전에는 보기 드물었습니다.
어쩌다 보면 "외제차다!" 외쳤습니다.

강남에서는 그나마 외제차를 상대적으로 많이 봤죠.
다른 곳에서는 보기 힘들었습니다.
롤스로이스 차를 우연히 보고 누가 이야기하더라고요.
"돈 먹는 차야. 기름값이 장난 아니야."

외제차가 엄청나게 많아졌습니다.
외제차가 좀 더 튼튼하고 안전해서 그럴 수도 있겠죠.
아직도 국산차는 믿지 못하겠다는 의미로 말이죠.
최근에는 그 정도까지 품질이 차이나는 건 아닌 듯합니다.

외제차는 비쌉니다.
품질이 좋아 비싼 게 아니라
거의 세금 때문인 걸로 압니다.
유지비를 따지면 비싼 건 사실입니다.

이런 외제차가 엄청 많아졌습니다.
외제차를 끌고 다니는 사람이
제 속 좁은 눈으로 볼 때
그다지 자산이 많아 보이진 않습니다.

자산이 적어도 소득이 높을 순 있겠죠.
하지만 소득도 결코 높아 보이지 않아요.
폄하하는 것은 절대로 아닙니다만
빌라촌을 돌아다녀도 외제차가 많습니다.

그런 곳에 거주하는 임차인이 많습니다.
보증금은 대략 1,000~3,000만 원 사이입니다.
월세는 대략 40~60만 원 정도입니다.
월세로 살아도 외제차를 몰고 다닙니다.

저 정도 월세를 내고 있으니 당연히 소득은 있겠죠.

최근에는 외제차를 리스(lease)로 많이 이용하죠.

월세와 리스 비용을 더하면 기본 100만 원.

이 정도 금액은 가볍게 넘어갑니다.

이걸 욜로(YOLO)로 봐야 할지는 모르겠습니다.

빌라에 살며 외제차를 모는 분들은

20~30대인 경우가 많습니다.

40대가 몰고 다닌다면 빌라가 아닌 경우가 많고요.

젊을 때 즐겁게 사는 걸 말리지는 않습니다.

즐거운 것과 과분수는 구분할 필요는 있지 않을까 합니다.

외제차를 타고 다니면 폼나고 멋지죠.

주변 사람들에게 "우와~!" 소리도 들을 수 있고요.

한국 사회가 그렇게 흘러가는 듯합니다.

실속 있고 알찬 사람보다는

무엇인가 과시하는 걸 더 선호하고 좋아합니다.

어떤 선택을 하든 스스로 재미있고 행복하면 되겠죠.

저는 실속 있고 알차면서 재미있고 행복하게
그렇게 살아가는 게 훨씬 더 좋습니다.
대중교통을 이용하면 책도 읽고 얼마나 좋다고요.
절대로 외제차가 없어서 시기하며 쓴 글이 아닙니다.

거듭 강조합니다.
절대로 시기, 질투해서 쓴 게 아닙니다!! ^^

66 천천히 꾸준히! **99**

2부

오늘도
읽고 보고 써요

매일매일 읽고 보고 쓰는 삶은

언제나 즐겁고 아름답습니다

별생각 없이 한다

이런 이야기가 있습니다.
"사람들은 늘 급한 일만 하려 한다.
진짜 핵심은 급하지 않지만 중요한 일이다."
급하지 않으니 그 일은 안 해도 티가 안 납니다.

우리가 하는 많은 것들이 그렇습니다.
무언가를 했음에도 불구하고
아무것도 하지 않은 느낌입니다.
딱히 문제가 되진 않습니다.

이를테면 내적 성장을 위한 독서가 그렇습니다.
책 몇 권 읽는다고 엄청난 발전은 없습니다.
책을 꽤 읽었는데도 변한 건 없어 보입니다.
얼마나 변했는지도 잘 모릅니다.

짧은 시간에 변하는 건 오히려 위험합니다.

제대로 된 기초가 없는 상태니까요.

꽤 시간이 지난 후 깨닫게 됩니다.

뭔지 몰라도 내가 변했다는 걸 말이죠.

결과는 당장 눈에 보이지 않습니다.

사람들이 꾸준히 하지 못하는 이유 중 하나입니다.

뭔가를 하면 성과가 보여야 하는데

눈에 보이는 게 없기 때문이죠.

보이지 않는 그런 노력이 쌓여야 합니다.

그럴 때 서서히 나도 모르게 조금씩 성과가 쌓입니다.

빨리 성과를 내려 하니 조바심만 생기고

때려치우는 경우가 많습니다.

되든, 되지 않든 그건 중요하지 않습니다.

그저 습관처럼 별생각 없이 꾸준히 하면 됩니다.

될지, 안 될지 따위도 신경 쓰지 마세요.

그런 시간이 쌓이면 어느 날 발견하고 외치게 됩니다.

"앗! 내가 이렇게 성장했어?!"

만화책도 책이다

만화책을 좋아합니다.
현재 소장하고 있는 만화책은 몇 권 없습니다.
일반 책보다 만화책을 더 소장하고 싶습니다.

만화책은 워낙 시리즈가 길죠.
어떤 책은 무려 100권이 넘습니다.
일단 시작하면 하염없이 내용이 이어지기도 하죠.
워낙 길게 이어지니 20년이 넘은 것도 있습니다.
아직도 시리즈가 안 끝나고 이어집니다.

어떤 만화는 아무 말도 없이 시리즈가 더 이상 안 나옵니다.
심지어 작가가 그 작품을 끝내지 않았는데
새로운 작품을 시작한 경우도 있으니 말 다 했죠.
그래도 워낙 주옥같은 작품이 많습니다.

저는 주로 종이책 위주로 봅니다만

요즘 유행하는 웹툰도 재미난 게 많습니다.

아이들이 무척 재미있게 보더라고요.

저도 보고 싶은데 한번 보면 멈추지 못할까 봐 안 봅니다.

만화책에 대한 의견은 다소 엇갈립니다.

만화책은 도움이 되지 않는다는 의견과

만화책도 충분히 도움이 된다는 의견이 있죠.

저는 후자에 속합니다.

도움이 되지 않는다고 말하는 분들은

만화책을 그다지 읽어 보지 않은 분들이 많더군요.

어릴 때부터 만화책을 읽은 독서가들은 좋아합니다.

그렇지 않은 분들은 도움이 되지 않는다고 합니다.

어릴 때부터 엄청나게 만화책을 읽은 저는

만화책으로 독서를 시작해도 좋다고 생각합니다.

때가 되면 본격적으로 독서할 시기가 온다고 보거든요.

한국 사회는 만화를 다소 사회악으로 보는 편입니다.

자기계발 관련된 만화책은 훨씬 더 도움이 됩니다.

주인공이 온갖 역경을 이겨내고 성공하는 과정을 그리니 말이죠.

만화 <드래곤 볼>부터 전형적인 틀이 시작되었다고 할 수 있죠.

만화로 얻은 지식도 많기에 저는 만화책을 추천합니다.

지금은 과거처럼 만화책을 많이 읽지는 않습니다.

시리즈가 완결되면 읽으려고 하다 보니 말이죠.

예전에 읽던 책들도 아직 종결되지 않았네요.

<원피스>는 20권 정도까지 읽었고

종결되면 읽으려고 했더니 어느덧 20년이 다 되어 가네요.

책 많이 읽는 분들은 장르 소설도 꽤 읽습니다.

만화책도 이와 다를 바가 없다고 봅니다.

책 읽기가 그렇게 고결하고 거창한 일은 아니잖아요?

만화책도 추천할 것들이 너무 많습니다.

마블(Marvle) 시리즈는 언젠가 꼭 정복할 겁니다.

제가 꿈꾸는 아주 작은 미션 중 하나입니다.

시리즈 중 뭐부터 읽어야 할지는 잘 모르겠지만 말이죠.

나중에 만화 도서관 같은 곳에 가서 꼭 봐야죠.

시간 날 때마다 읽으면 된다

"한 달에 몇 권이나 읽으세요?"라고 제게 물으면
"보통 한 달에 15권 정도 됩니다."라고 답했습니다.
대략 2~3일에 한 권꼴이긴 합니다.
1년에 약 150권 이상 읽었습니다.

작년 중반부터 살짝 못 미치고 있어요.
올해 들어서는 더 심해졌습니다.
평균 10권 조금 넘는 정도입니다.
살짝 위기라고 할까요?

지금까지 어떤 목표를 두고 읽지는 않았습니다.
읽다 보니 때에 따라 몇 권이었다고 했을 뿐이죠.
최근에는 독서량이 줄었네요.
아무래도 상관없지만 괜히 울적합니다.

이달에는 20권을 읽겠다는 목표를 세웠습니다.
내일이면 15일입니다.
20권을 읽으려면 절반인 10권은 읽어야 하죠.
현재까지 10권을 읽긴 했습니다.

남은 15일 동안 과연 10권을 더 읽을 수 있을까?
솔직히 살짝 고개를 갸웃거리긴 합니다.
하고자 하면 충분히 가능하지만
억지로 분량을 채우기 위한 독서를 하진 않거든요.

그래도 이달에 20권을 채워 볼까 합니다.
다음 달부터는 다소 두꺼운 책 위주로
10권 이하로 읽어도 괜찮다는 생각으로 말이죠.
현재 읽어야 할 책이 40권 넘게 밀렸어요.
그 책 대부분이 두껍다는 게 함정이지만요.

이달 들어 속도를 올리고 있습니다.

틈만 나면 열심히 책을 읽고 있죠.

아주 자연스러운 인과의 법칙입니다.

독서 시간이 많으면 권수가 늘어납니다.

독서 시간이 적으면 권수가 줄어듭니다.

이 세상 모든 것이 다 그렇지 않나요?

사람들이 대체 언제 책을 읽냐고 묻습니다.

"시간 날 때마다 책을 읽어요."라고 답합니다.

답이 너무 뻔하지만 세상사가 다 그렇죠, 뭐.

독서 방법론 같은 건 없다

다양한 독서 방법이 있습니다.
아니!
있다고 합니다.
이와 관련된 강의도 많습니다.

정말로 별의별 방법이 다 있더군요.
그중 하나는 속독법이죠.
속독법을 믿지는 않습니다.
책을 읽는 이유가 뭘까요?

수없이 많은 책이 있습니다.
평생 읽어도 다 읽지 못할 만큼 많습니다.
심지어 여러 출판사에서 나온
세계문학 전집 같은 시리즈도 있죠.

이런 책만 읽어도 한평생입니다.

그만큼 많은 책을 읽고 싶은 욕심이 크죠.

여기에는 조급한 마음도 많이 작용합니다.

속독법은 이런 마음을 이용하는 것이 아닐까요?

더 한심스러운 건

속독으로 많은 책을 읽으면 의식이 확장된다고 하네요.

그런 부분은 충분히 인정합니다만

제가 지적하고 싶은 건 그런 이야기를 하는 분입니다.

반드시 그렇게 된다고 이야기하고 주장합니다.

자신을 믿고 따라 하기만 하면 된다고요.

모두 그 말을 믿고 따라 하려고 합니다.

정작 그 말을 하는 당사자는 어떤 사람일까요?

그분이 그다지 훌륭해 보이진 않습니다.

의식이 확장되었다고 하는데 사고가 별로 깊지도 않아요.

더구나 그 정도면 세상을 위해 대단한 일을 해야죠.

그분이 하는 사업이 그렇게 대단해 보이진 않습니다.

스티브 잡스를 예로 들며 인문(人文)을 이야기합니다.

자신이 그렇게 대단하다고 주장하는 분이

왜 스티브 잡스처럼 대단한 일을 못 하고 있을까요?

독서를 하라고 권유하는 건 훌륭합니다만

무조건 따라 하라는 정도에 그친다면

무언가 좀 어폐가 있는 것이 아닐까 합니다.

사람들의 심리를 이용한 돈벌이가 아닐까요?

독서를 독려하는 건 참 좋습니다.

제가 볼 때는, 책 몇 권 읽었다고 말이죠.

앞에 나서서 그렇게 하는 건 좀 우스워 보입니다.

책 많이 읽은 건 알겠는데 사고의 깊이까지 느껴지진 않네요.

그래도 하고 싶은 말은

"우리 함께 책 읽어요~!"

책에서 너무 많은 걸 얻으려 하지 말자

제가 운영하는 52주 독서 모임이 있습니다.
한 달에 한 번 단체 채팅을 합니다.
평소에도 수시로 이런저런 이야기를 나누지만
날과 시간을 정하고 모여 더 깊은 이야기를 나눕니다.

제가 읽었던 책 중 다시 읽을 만한 책을 추천합니다.
선정된 책은 당연히 전부 소장하고 있습니다.
누가 "왜 그 책이죠?"라고 묻기도 합니다.
각자 읽고 느낀 부분이 중요하기에
저는 그 이유를 설명하지 않습니다.
제가 어떤 포인트를 설명하면 그 부분만 보려 하기 때문이죠.

저는 비슷한 분야의 책을 연달아 읽기를 추천합니다.
비슷한 분야의 책을 계속 읽는 이유는 뭘까요?
처음 접하는 분야는 아직 익숙하지 않죠.
용어나 개념이 어렵고 받아들이기 어렵습니다.

같은 분야의 책을 여러 권 읽다 보면
결국 개념과 용어를 익히게 됩니다.
또 같은 분야의 서로 다른 책을 읽으니
여러 저자의 다양한 관점을 배웁니다.
한 권의 책을 반복해서 읽는 것보다는 더 좋다고 봅니다.
'인생에 정답은 없다.'라는 주의라서요.

기본은 본업에서 출발합니다.
그러면서 돈을 모아야 하죠.
꾸준히 책을 읽고 공부하고요.
어느 정도 돈이 모였을 때 투자를 하는 거죠.

투자만으로 부자가 된 사람은 거의 없습니다.
본업에서 성공해서 투자하며 안정적으로 지키는 겁니다.
부자가 되는 첩경입니다.
본업을 하며 조금씩 자산을 늘려가야 합니다.

제가 주장하는 '천천히 꾸준히'는 20~30년입니다.
지금은 100세 시대입니다.
무리하게 투자하다 아차! 하며 미끄러지지 마세요.
아직 젊기에 돈은 벌 수 있잖아요.

책에서 너무 많은 걸 얻으려 하지 마세요.

단 10%만 얻어도 됩니다.

그것들이 쌓이면 나중에 엄청난 힘이 됩니다.

지식 축적의 시간이 필요한데 대부분 그걸 참지 못합니다.

혹시 책을 읽다가 너무 어려우면

그냥 가볍게 넘기며 읽으세요.

아직 내가 수준이 안되었기에

쉽게 안 읽히는 것일 수도 있습니다.

책 원작은 좋은데 번역이 개판일 수도 있어요.

내가 이해하지 못한 것은 이렇게 생각하세요.

저자나 번역자가 문제라고요!

한 권의 책에서 단 하나라도 얻었으면

그 책은 충분한 가치를 보여 준 겁니다.

너는 제대로 읽냐

제 주변 사람들이 읽는 책은 비슷합니다.

그분들이 읽는 책은 대부분 경제경영 책입니다.

이 분야도 분명히 쉽지는 않습니다.

그래도 이 분야는 읽다 보면 내용이 비슷합니다.

휘리릭~ 읽기는 어렵지만

그래도 별생각 없이 순차적으로 읽어 낼 수 있습니다.

특히 미국 책이 그런 경향이 강합니다.

사례 위주로 독자에게 설명합니다.

직접적으로 자신의 주장만을 펼치지 않습니다.

다양한 사례를 보여 주며 이해도를 높입니다.

"뭐 이렇게 부연설명이 길어!"

이런 느낌이 들 정도로 예화가 많습니다.

그 덕분에 재미있는 이야기를 많이 알게 됩니다.

이런 사례를 건너뛰며 읽는다면

상당히 짧은 시간에 핵심을 파악할 수 있습니다.

이렇게 읽으면 꽤 많은 책을 금방 읽을 수 있습니다.

대체로 빨리 읽는 분들이 이렇게 읽는 듯합니다.

그렇게 읽어도 책이 말하는 핵심은 다 파악하니까요.

저는 이런 식으로 읽지 않고 정독합니다.

그렇게 읽어도 문제가 없기는 하겠지만

'이 책은 어떤 내용이다.' 정도일 뿐입니다.

정작 책에서 중요하게 다룬 가치 있는 내용은

잘 모르고 넘어가기 쉽습니다.

똑같은 책을 사람마다 다르게 받아들이는 이유입니다.

읽다가 특정 문구를 붙잡고 늘어지며 생각해야 합니다.

나도 모르게 잠시 책을 덮고 무엇인가 골똘히 생각합니다.

어차피 정답은 없지만 이런 순간순간이 소중하죠.

굳이 생각이라는 걸 하려 해도 쉬운 건 아닙니다.

읽은 책들이 쌓이고 쌓이면서 '생각'이라는 걸 합니다.

책을 읽다가 어떤 문구나 문단에서 멈추게 됩니다.

이런 것들이 쌓이고 쌓이면 어제와 다른 내가 되는 거죠.

독서에 어떤 비법이나 정답이 있는 건 아닙니다.

그런 걸 알려준다는 사람이 그 정도의 수준이 되나요?

책을 많이 읽었다고 자랑하지만 그 정도 수준일까요?

어떤 상황이나 문제에 대해 제대로 이야기 못 하는 경우가 많습니다.

책을 읽는 이유는 자신만의 사고로 이야기하기 위해서입니다.

항상 남들과 똑같은 답을 이야기합니다.

그나마 책을 읽었기에 주워들은 걸로 이야기하죠.

앙꼬 없는 찐빵처럼 느껴지는 경우가 많습니다.

이런 사람들은 절대로 진중한 이야기는 하지 않습니다.

대부분 무엇인가 거창한 이야기를 열심히 하지만 말이죠.

책을 읽는 이유는 무척이나 다양합니다.

모르는 것을 알기 위해 읽기도 합니다.

이런 것이 쌓였을 때 지식이라고 할 수 있습니다.

중요한 건 그것을 뛰어넘어 사고(思考)하기 위해서라고 봅니다.

대다수가 지식 정도에 머물면서 '나를 따르라'고 하네요.

네?

너는 제대로 하냐고요?

제 자신을 반성하기 위해 썼습니다.

책 읽는 당신이 거인

어차피 독서는 얻을 걸 얻으면 됩니다.

책을 읽고 단 하나라도 얻으면 됩니다.

100% 마음에 드는 책은 드물죠.

어제 내가 맞다고 생각했던 게 틀렸다는 걸 오늘 깨닫습니다.

책을 읽지 않는 게 좋을까요?

당연히 아닙니다.

계속 책을 읽었기에 내가 모르는 걸 알게 된 거죠.

그렇기에 딱 한 권만 읽은 사람이 제일 위험합니다.

자기가 아는 지식이 전부인 것처럼 오독(誤讀)해서 살아갑니다.

처음에는 자기계발 분야 책을 집중적으로 읽었습니다.

마음을 다잡기 위해서였죠.

작심삼일이 될 가능성이 무척이나 많았습니다.

삼일마다 반복적으로 읽었습니다.

차가워질 틈 없이 또다시 뜨거워지도록 노력했습니다.

다른 건 못 해도 책은 꼭 읽었습니다.

마음을 계속 다잡으며 마인드 콘트롤을 했죠.

이 세상 모든 것은 분명히 마음먹기에 달려 있습니다.

물론 모든 것이 마음먹은 대로 되지는 않습니다.

힘들고 어려울수록 마음가짐이 중요합니다.

저처럼 아무것도 가진 게 없고

뭘 해야 할지 몰랐던 사람에게

책은 최고의 선물이고 방법입니다.

누구도 가르쳐 주지 않았습니다.

끊임없이 마인드 관련 책을 읽고 또 읽었습니다.

내 안에 거인이 있다는 걸 알게 되었죠.

누구도 당신에게 알려주지 않습니다.

당신 안에 거인이 있다는 걸.

책을 읽으면 알게 됩니다.

책 읽는 당신이 바로 거인입니다.

지금 뭘 해야 할지 모른다면 책을 읽고 또 읽으세요.

당신 안에 잠든 거인이 일어나 당신을 깨울 겁니다.

저는 그랬습니다. 분명히 당신도 그럴 겁니다.

독서는 즐거워

1년에 한두 번 정도 책을 구입합니다.
대체로 좀 어렵다고 생각되는 책이나
소장가치가 있는 책을 구입합니다.
그럴 때마다 쓰는 신공(神功)이 있습니다.

오랫동안 여러 인터넷 서점에 리뷰를 올리니
포인트가 제법 쌓였습니다.
그 포인트를 사용해서 왕창 구입합니다.
이번에도 추석 직전에 마구 샀습니다.

그때마다 느끼는 게 있습니다.
꼭 읽어야 할 책이라는 생각이 들면
하루라도 빨리 구입하는 것이 좋습니다.
조금만 늦으면 책이 절판되거나 품절이 되더라고요.

이번에도 그랬습니다.

몇 권은 구할 수 없게 되었네요.

진작 사야했는데, 포인트가 쌓이고 나서야

어떤 책을 살까 살펴보는 편이라서요.

보유한 책 중에는 몇 년 전에 구입한 책도 있습니다.

'읽어야지' 하면서 계속 미루고 또 미루다가

더는 미루면 안 되겠다는 생각으로 읽는 중입니다.

두껍고 어렵게 생각되면 저도 모르게 뒤로 미루네요.

하루에 100페이지 정도 읽으면 되는데

막상 읽으려면 왠지 각오해야 할 것 같은

느낌적인 느낌이 강하게 들어서 말이죠.

어쩔 수 없이 미루다 이번에는 읽으려고 합니다.

특히 <우리 본성의 선한 천사> 책은

엄청나게 무지막지한 1,400페이지 분량에 계속 미루고 있습니다.

무엇보다 저 무거운 걸 들고 읽으려면

허리, 손목, 목 등이 엄청나게 힘들 것이라는 판단이 드네요.

저는 평소에 서서 책을 읽습니다.
앉아서 읽으면 조는 경우가 많아
왔다 갔다 서성이며 읽거든요.

그런 이유로 미루다 보니 몇 년이 훌쩍 가버렸네요.
더는 미루지 않으려고 합니다.
이 말을 벌써 몇 년째 하고 있네요.

글 제목은 '독서는 즐거워'인데
글을 쓰다 보니
'독서는 힘들고 어려워.'
이렇게 내용이 흘러가고 있네요.

그래도 독서하며 지식이 늘었습니다.
저라는 사람이 세상에 알려지는 발판이 되었습니다.
책을 읽은 만큼 자산도 함께 늘었습니다.
그러면 된 거죠!

강한 멘탈은 인정하는 것에서부터 시작된다

우승팀과 패배팀의 가장 큰 차이는 무엇일까요?

아마도 그것은 멘탈이 아닐까요?

우승팀도 긴 시즌을 치르다 보면 연패하곤 합니다.

이런 위기의 순간에 어떻게 대처하느냐가 관건이죠.

'위닝 멘탈(Winning Mental)'이라 하여

어려움이 닥쳤을 때가 중요합니다.

이기는 법을 알고 얼마나 빨리 극복하느냐에 달렸죠.

강한 멘탈은 인정하는 것에서 시작됩니다.

현 상황을 솔직히 인정하는 겁니다.

이것은 결코 부끄럽거나 창피한 것이 아닙니다.

인정하거나 하지 않거나 이미 벌어진 상황이 바뀌진 않습니다.

어떻게 대처하느냐가 더 중요합니다.

멘탈이 약한 사람은 오히려 허장성세를 부립니다.

용서는 강한 사람이 하는 것이란 말도 있죠.

약한 사람은 도저히 용서하지 못합니다.

누구를 용서한다는 건 내 마음이 이미 치유되었기 때문이죠.

강하기에 용서할 수 있는 용기가 있습니다.

저는 새책을 내도 그다지 많이 언급하지 않습니다.

이번에는 어쩌다 보니 제가 좀 큰 목표를 세웠죠.

한 달 동안 10쇄를 찍겠다고 얘기했습니다.

목표를 높게 세운 첫 책이라 더 긴장하고 있습니다.

책을 내 봤던 사람이라면

이게 얼마나 어려운지 아주 잘 압니다.

한결같이 깜짝 놀랄 정도의 주장이죠.

그럼에도 이번에 저는 과감히 외치는 중입니다.

며칠 동안 블로그에 이런 글을 올려 겸연쩍기도 했고요.

계속해서 열심히 외치고 주장했지만

솔직히 마음속으로 초조하고 떨립니다.

정말로 해낼 수 있을까?

너무 높은 목표인데 무리는 아닐까?

무척이나 약해 보입니다.

제 속마음을 솔직히 고백하고 인정할 뿐입니다.

그렇다고 포기한 것은 아닙니다.

인정하느냐 아니냐는 중요하지 않습니다.

인정하기에 노력할 수 있는 겁니다.

자신이 부족하다는 걸 인정하니 다시 노력하는 겁니다.

인정하는 건 포기가 아닙니다.

포기만 하지 않으면 됩니다.

인정하는 건 오히려 강한 멘탈입니다.

자신의 약한 부분을 사람들에게 알린다는 거니까요.

누구도 자신의 약한 부분이나

창피한 부분을 알리고 싶지 않죠.

자존감이 높으니 이렇게 고백할 수 있는 겁니다.

스스로 이겨 낼 수 있기 때문이죠.

내가 원하는 집필실

상당히 많은 분들이 커피숍에서 글을 씁니다.
모든 사람이 그런 건 아니지만
날 잡고 커피숍에서 책을 썼다는 분들이 있죠.
평소와 다른 환경이니 좀 더 잘 써지는 거겠죠.

저는 지금까지 한 번도 그런 적이 없습니다.
커피숍에서 책을 쓰려는 시도조차 한 적이 없습니다.
블로그에 올릴 글을 쓰거나 책을 읽은 적은 있고요.
그마저도 손에 꼽힐 정도로 적습니다.

제가 책을 쓴 곳은 대부분 집입니다.
TV는 틀어져 있고
아이들은 뛰어놀고
그런 환경에서 썼습니다.

어딘지 모르게 책을 쓰는 환경은
멋진 공간이어야 할 것 같죠.
우아하면서도, 고고하고, 인텔리전트한
그런 환경에서 책을 써야 할 것만 같습니다.

제가 원하는 집필실은 이렇습니다.
일단 아주 고층이면 좋겠습니다.
책상에 앉아 고개를 들면
도시 전경이 드넓게 펼쳐지면 좋겠습니다.

강남역 근처나 종로역 근처면 좋겠네요.
강남역보다는 종로역이 좀 더 원하는 뷰가 나올 듯합니다.
그런 곳이 집필실이면 좋죠.

그런 곳에서 글을 쓰고
손님이 찾아오면 이야기 나눌 공간도 있고요.
글을 쓰다가 창밖을 바라보기도 하고요.
그 정도면 충분히 멋진 집필실이죠.

문제는 역시나 비용이 장난 아니라는 점이죠.
저는 꼭 그런 환경을 원하지 않습니다.
지금까지 그랬던 것처럼 아무 곳에서나 쓰면 됩니다.
집에서도 썼는데 어디서인들 못 쓰겠습니까?

집에서 쓴 이유는 딱 하나입니다.
블로그에 쓰는 글과 달리 책은 긴 호흡으로 써야 합니다.
일단 시작하면 하나의 단락은 끝내야 합니다.
쓰다 중간에 멈추면 흐름이 끊기니 말이죠.

글을 쓰는 장소나 환경은 중요하지 않습니다.
쓰겠다는 의지가 훨씬 더 중요합니다.
노트북만 있다면 필요한 건
머릿속에 저장된 지식이 전부입니다.

그러기 위해서는 평소에 책을 많이 읽거나
직접 경험 또는 간접 경험을 해 봐야겠죠.
그것 말고 무엇이 더 필요할까요?
평소보다 더 집중력이 필요할 뿐이죠.

책 쓰는 데는 시간이 많이 듭니다.

쉽게 책을 쓰지 못하는 이유입니다.

하루에 딱 두세 시간은 집중해야 하니까요.

여러분은 어떤 집필실을 원하나요?

좋은 책을 쓰고 싶어요

멍하니 앉아 있었습니다.

1시간 넘게 멍하니 멍 때리며 있었네요.

출판사에 최종 원고를 넘겨서 그런지도 모르겠습니다.

보통 원고를 끝내면 추가 원고 요청이 옵니다.

그것까지 모두 끝내면 꽤 시간이 지나야 다시 연락이 옵니다.

뭔가 이상한 점이 있는지 점검해 달라는 요청이죠.

교정, 교열까지 끝나면 마지막으로 또 읽고 확인합니다.

현재는 이걸 기다리고 있습니다.

그렇다고 항상 그것만 기다리지 않습니다.

이미 머릿속에 다음 책을 준비하고 있습니다.

요즘 말로 "계획이 다 있는 거죠."

이미 올해 계획은 끝났습니다.

내년 초까지 나올 책은 끝났습니다.

그 외에도 몇 가지 머릿속에 계획이 더 있습니다.

쓰고 싶은 책이 많기는 합니다.

투자 책 말고 좀더 범위를 넓힌 책을 쓰고 싶긴 해요.

'쓰고 싶다'로 끝나지 않고 실제로 시도할 예정입니다.

아직은 때가 아니라 차마 시도할 엄두를 못 내고 있네요.

서서히 시동을 걸어 출발하면 되겠죠.

욕심은 정말 좋은 책을 쓰고 싶습니다.

많은 사람이 제가 쓴 책을 읽고 칭찬했으면 합니다.

그것도 내용이 참 좋고 참신하고 새롭다는 의견 말입니다.

여기에 책도 많이 팔리면 더 좋습니다.

솔직히 욕을 먹더라도 책이 많이 팔리면 좋겠습니다.

많이 팔리면 욕 정도는 가볍게 받아들일 각오입니다.

이건 자연스럽게 따라오는 과정이기도 하고요.

이게 생각처럼 내 마음대로 쉽게 되지가 않네요.

그렇기에 될 수 있는 한 충실한 책을 쓰려고 노력합니다.

어설픈 책 말고 내용이 충실한 책 말이죠.

지금까지 그런 책을 썼냐고 묻는다면 언제나 아닙니다.

쓸 때는 나름대로 최선을 다하지만 지나 보면 언제나 아쉽죠.

'더 좋은 책을 쓸 수 있었을 텐데'라는 아쉬움이 남습니다.

그 책을 쓸 때는 그게 최선이라 생각했지만

시간이 지나면 언제나 아쉬운 게 현실이죠.

아직도 이런 점에서 능력 부족을 느낍니다.

내용이 충실하고 조금 팔리는 책과

내용이 다소 떨어져도 아주 많이 팔리는 책.

제 선택은 무조건 후자입니다.

많은 사람에게 선택받아야 뭐라도 하니 말이죠.

내용이 부실한 책은 저 스스로 용납이 안 됩니다.

최소한 지금까지 쓴 책은 중복되는 내용이 없었습니다.

물론 완전히 100%는 아니라고 고백합니다.

책을 쓰는 게 분명히 쉬운 일은 아닙니다.

운 좋게 매년 1~2권씩 꾸준히 내긴 했지만

좋은 책을 쓰려는 욕심은 끝이 없네요.

좋은 책을 쓰기 위한 고민과 노력을 계속해야겠죠.

더 좋은 책으로 만나 뵙겠습니다.

비판과 비난

나름대로 책을 많이 펴냈습니다.

10권이 넘는 책을 세상에 선보였습니다.

비록 모든 책이 다 사랑받진 않았지만 제가 직접 썼습니다.

하늘 아래 한 점 부끄럼 없이 썼다고 자부합니다.

제가 쓴 건 쓴 것이고

판단은 오롯이 제 책을 읽으신 분들의 것입니다.

그걸 제가 왈가왈부해서는 안 된다고 생각합니다.

비판은 언제든지 받아들이고 겸허히 인정합니다.

가끔 비난받을 때는 마음이 아픕니다.

그렇게 읽으셨다는 점이 억울하기도 하고요.

처음에는 제 책 리뷰와 반응에 댓글을 달았습니다.

언젠가부터 리뷰와 반응에 댓글을 달지 않고 있습니다.

칭찬한 글에만 반응하고 비판에는 반응하지 않을 수도 있지만

저 스스로는 왠지 일관성이 없다는 생각에 말이죠.

그래도 제 책에 대한 리뷰나 반응을 전부 읽고 있습니다.

가끔 반론을 펼치고 싶을 때도 있지만 말이죠.

일관성이라는 면에서 반응하지 않았습니다.

심지어 제가 아는 분이 쓴 리뷰에도 반응하지 않았습니다.

제가 쓴 <집 살래 월세 살래> 책이

네이버 메인에 노출되어

꽤 많은 댓글이 달릴 때도 반응하지 않았습니다.

그저 읽기만 하고 잊고 지냈죠.

언젠가 들었던 이야기가 인상 깊었습니다.

베스트셀러가 된 책의 저자가 한 행동이었습니다.

그분은 책에 대한 모든 글에 전부 반응한다고 하더군요.

칭찬하는 글에는 당연히 그럴 수 있다고 생각하는데

비난과 비판을 한 글에도 전부 댓글을 달았다고 합니다.

그분은 오히려 고맙다고 했답니다.

자기 책을 읽어준 것만으로도 말이죠.

사실 몇몇 분은 책을 읽지 않고

그저 제목과 목차만 보고 반응하기도 합니다.

특히 투자 분야 책은 그런 면이 좀 더 강하기도 합니다.

그분은 투자 분야 작가는 아니었지만

모든 글에 댓글을 달며 오랫동안 공들였다고 하네요.

그리하여 그분의 코멘트를 받은 분들은

하나같이 그분을 좋아하게 되었답니다.

이렇게 비판을 했는데도 오히려 긍정적으로 받아 주니 말이죠.

책을 비판했는데도 그런 반응을 보였다며

그분에 대한 비판을 접고

자기 주변 사람들에게

긍정적인 이야기를 했다고 하네요.

그 이야기를 듣고 저도 마음을 바꿨습니다.

제 책 리뷰에 반응하기로 말이죠.

리뷰를 확인할 때마다 두렵기도 합니다.

어떤 비판을 했는지 조금 무섭거든요.

재미 삼아 "자, 멘탈 강화 훈련을 해 볼까?" 하며 읽기도 했죠.

비판은 정당하다고 저는 봅니다.
제 의도와 다르게 읽고 해석하는 분도 있지만
책이 제 손을 떠난 순간부터 그건 읽는 사람의 몫입니다.
다만, 밑도 끝도 없는 비난은 좀 많이 아프고 무섭긴 합니다.

그렇더라도 이제 댓글을 달기로 했습니다.
어제는 인터넷에서 제 책을 검색했습니다.
제 책에 대한 리뷰가 있어 읽었습니다.
칭찬이 아닌 비판이었습니다.

마음은 아팠지만 이렇게 썼습니다.
"부족한 제 책을 읽어주셔서 고맙습니다."
여하튼 제 책을 읽고 비판한 것이니 말이죠.

귀한 시간을 투자해서 책을 읽었을 뿐만 아니라
더 귀한 시간을 들여 리뷰를 쓴 것 자체가 고마운 일이죠.
더구나 저는 원래 그런 걸 잘 받아들이는 스타일입니다.
다름을 인정해야 한다고 늘 이야기하는 사람이기도 하고요.
그렇게 한밤중에 댓글을 달고 잤습니다.

아침에 일어나니 그분께서 답글을 달아 주셨습니다.

비판 리뷰에 이렇게 댓글을 달아줘서 고맙다고요.

좀 미안한 느낌이 드셨던 듯합니다.

비난이 아닌 정성을 들인 비판 리뷰였으니

그분도 제 댓글이 반가웠을지도 모르겠습니다.

이제부터는 제 책에 대한 비판에도 반응하려고요.

이미 제 블로그의 비판 댓글에는 반응하고 있었습니다.

다만, 블로그에는 워낙 많은 댓글이 달려서

새글을 쓰고 24시간이 넘으면 답글을 달기 어려우니 양해해 주세요.

스팸만 아니면 비판 글에도 답글을 달아드리고 있습니다.

생각과 의견은 서로 다를 수 있으니까요.

이제부터 저를 비판하고 안 좋게 보는 분들에게도

제 글을 읽어주고 의견을 남긴 것만으로도

고마워하는 사람으로 다가가려고 합니다.

착한 댓글을 다는 사람으로!

오늘보다 더 발전된 내일을 위해!

PS : 그럼에도 여전히 두려운 마음이 큽니다.

서점 매대에 아무 책이나 오르지 않는다

광화문 교보문고에 갔습니다.

누가 뭐래도 대한민국 최고 서점입니다.

오래전부터 서울의 중심에 있던 서점이죠.

역사도 오래되었고 상징성도 높습니다.

다른 곳은 몰라도 광화문 교보문고는 그렇습니다.

그곳에 책이 있다는 상징성은 분명히 있습니다.

광화문 교보문고처럼 큰 서점도 없습니다.

있다고 해도 역사와 전통은 쉽게 얻을 수 있는 게 아니죠.

오늘은 공휴일이라 그런지

평일인데도 사람이 상당히 많더군요.

늘 그렇듯이 어떤 책이 새로 나왔는지 살펴봅니다.

제가 아는 분들이 쓴 책도 눈에 띕니다.

누구나 글을 쓸 수 있습니다.

누구나 책을 펴낼 수 있습니다.

과거와 달리 책을 내는 것이 그다지 어려운 일이 아닙니다.

저도 책을 펴냈을 정도니 말이죠.

매년 새로 나오는 책이 약 8만 종이라고 합니다.

어마어마하게 많은 책이 나오는 거죠.

이런 책 중에 서점 매대에 깔리는 책은 극히 일부입니다.

서점 매대는 한정적이기 때문입니다.

서점 매대에 있는 책은 그런 면에서 대단한 책입니다.

물론 매대를 정직하게만 볼 수는 없습니다.

그곳은 엄청난 마케팅의 장이라서 말이죠.

서점과 출판사의 협업 결과이기도 합니다.

그렇다고 아무 책이나 그렇게 매대에 놓여 있지 않습니다.

서점이나 출판사에서 아무 책이나 매대에 놓지도 않고요.

수없이 나오는 책 중 매대에 오르는 책은 한정적입니다.

그 자체만으로도 대단한 책이 맞습니다.

매대를 뛰어넘어 베스트셀러 자리에 있다면
더욱 엄청나게 대단한 책입니다.
최근에는 워낙 베스트셀러에 올라 있는 기간이 짧습니다.
한 달도 안 되는 경우가 많습니다.

그런 면에서 꽤 시간이 지났는데도
서점 매대를 차지하고 있는 책은
진정한 위너이면서 훌륭한 책이죠.
저자에게도, 서점에게도, 출판사에게도요.

우리가 하는 일도 마찬가지입니다.
그 좁디좁은 매대에 올라가는 경우는 드뭅니다.
노력하다 보면 분명히 언젠가 매대에 올라가겠죠.
그 자체만으로도 칭찬하고 격려하고 환호해도 됩니다.

지금까지 제가 쓴 모든 책은 다행히도 매대에 올라갔네요.
야호!

책을 꽤 많이 썼죠

책을 열 권 이상 썼더니 다소 무덤덤해졌습니다.
이번 책이 잘될 것이라는 감각도 둔해졌습니다.
솔직히 얘기하자면 오히려 잘 알고 있습니다.
이 책이 엄청난 인기를 얻기는 힘들다.

대중이 어떤 책을 좋아하는지 감각은 있습니다.
지금까지 많은 책을 읽었고
어떤 책이 반응이 좋은지 봤으니 말이죠.
사람들이 어떻게 생각할지 몰라도
인기나 시류에 영합한 책을 쓴 적은 없었습니다.

사람들에게 덜 선택받는다고 해도
저만의 색깔을 드러낼 수 있는 책을 썼습니다.
기존에 나온 책과 다소 다른 책을 쓰려고 노력했고요.
그러다 보니 대중이 선호하는 책은 아니었습니다.

어떤 책을 써야 사람들이 더 좋아하는지도 압니다.
독서가 입장에서 다소 뜬금없이 고백하면
차마 남들과 같은 뻔한 이야기를 쓰고 싶지는 않더라고요.
하늘 아래 새로운 것은 분명히 없습니다만
그래도 같은 듯 다른 이야기를 하고 싶었습니다.

제가 쓴 책을 직접 읽어 보면 아실 겁니다.
특히나 갈수록 더 그런 책을 쓰고 있습니다.
시중에 누군가 이미 쓴 내용은 피하고 있습니다.
비록 욕을 먹더라도 소신껏 쓰고 있습니다.

가장 억울한 건 베꼈다는 욕입니다.
그런 이야기를 하는 사람들은 전후 관계를 몰라 그럽니다.
분명히 제가 쓴 책이 훨씬 더 먼저 나왔습니다.
다른 책을 먼저 읽고 나중에 제 책을 읽어서 생긴 오해죠.

해당 분야를 새로운 방식으로 설명한 것은 제가 처음인데
나중에 제 책을 읽으니 그런 이야기를 하는 거죠.
심지어는 다른 사람이 오히려 제게 도움을 받았는데도
제가 쓴 책이 그 사람에게 도움받았다는 지적도 있더라고요.

다른 사람의 책이나 글에서 영향받은 것은 부인하지 않습니다.

기꺼이 인정합니다.

그렇다고 다른 걸 베끼는 짓은 하지 않았습니다.

늘 새로운 관점과 내용으로 쓰려고 노력합니다.

제가 쓴 책은 겹치는 내용이 없습니다.

제가 썼던 내용을 또 반복하는 걸 싫어하기도 하고요.

자기복제 식으로 책을 펴내는 저자도 많습니다.

저는 그런 욕을 듣기 싫어 언제나 새롭게 쓰고 있습니다.

될 수 있는 한 아주 다양한 분야의 책을 쓰고 싶습니다.

다양한 분야의 책을 읽는 걸 좋아하고 재미있어 합니다.

오로지 책으로 배우고 익히고 습득한 후에

어느 정도 높은 수준에 이르도록 노력합니다.

그 후 그 분야의 책을 쓰는 것이 궁극적인 목표입니다.

베스트셀러 작가가 되고 싶다

일주일에 두세 번 대형 서점에 들릅니다.
주로 교보문고와 반디앤루니스에 갑니다.
종로에 갈 때는 영풍문고에도 들릅니다.

최근에 반디앤루니스가 사라지고 종로서적이 들어왔죠.
아쉽게도 종로서적은 서점보다는 음식점 개념이 강하더군요.
전통 있는 서점이 다시 문을 열었다는 것에 만족해야겠죠.

저는 어디를 가든 대형 서점이 있으면 반드시 갑니다.
서울은 물론이고 경기도나 그 외 지역에 가도
그 지역에 대형 서점이 있으면 반드시 갑니다.

서점에서 책을 사는 경우는 드물지만
어떤 책이 나왔는지 구경하면서
새로 나온 책은 어떤지 살펴봅니다.
미처 몰랐던 책은 없나 살피기도 하고요.

자연스럽게 베스트셀러 순위도 봅니다.

저는 베스트셀러 책을 잘 읽지는 않습니다.

베스트셀러가 꼭 좋은 책이라는 의미는 아닙니다.

그보다는 인기 있는 책이라는 뜻이 강합니다.

저는 인기 있는 책을 싫어하는 걸까요?

그럴 리가요?

지극히 평범한 제가 그럴 리 없죠.

다만 베스트셀러를 반드시 읽으려고 하진 않습니다.

관심 가는 책은 읽기도 하지만 대부분 끌리지 않습니다.

'저런 책이 베스트셀러라니!'라는 생각도 자주 합니다.

그런 책이 대중에게 선택된 데는

그만큼 대중의 호기심과 관심을 이끌어 내는

흥미로운 내용이 있다는 걸 인정해야겠죠.

막상 읽어 보고 실망한 책도 있고, 괜찮은 책도 있습니다.

어느 정도 뽑기와 비슷하다고 할 수 있겠네요.

나름대로 책을 꽤 많이 읽었기에 보면 느낌이 옵니다.

느낌으로 책을 선택하는데 타율은 높습니다.

반드시 정확하진 않지만요.

개인적인 호불호도 분명히 있습니다.

베스트셀러는 수많은 사람들의 호불호 중

'호'가 훨씬 더 많다는 의미죠.

인정하는 것이 좋다고 생각합니다.

특히 현대인이 어떤 생각을 하는지

어떤 것에 관심을 두는지 알 수 있습니다.

말도 안 되는 책이 베스트셀러가 된다고 해도요.

사람들은 똑똑하지만, 바보 같기도 해 종잡을 수 없습니다.

몇몇 책은 사재기로 순위에 오르는 경우도 있습니다.

일단 순위에 오르면 탄력을 받아 사람들이 구입합니다.

자연스럽게 선순환이 이뤄지며 순위에 계속 머물게 되죠.

대부분의 사람들은 어쩌다 한 권 책을 읽습니다.

이왕 어쩌다 읽을 때 베스트셀러에서 선택하지 않을까요?

이러니 한 번 순위에 오르면 계속 머물게 됩니다.

베스트셀러를 쓰고 싶다고 쓸 수는 없습니다.

저를 보면 알 수 있죠.

저도 베스트셀러를 쓰고 싶지만 아직까지는 없습니다.

물론 제가 쓴 책은 분야별 10위 내 들어갈 정도이긴 했습니다.

욕심이 너무 지나치다 하시면 할 말은 없습니다만.

베스트셀러가 되는 데는 다양한 이유와 조건이 있겠죠.

대략적으로 사람들이 어떤 책을 좋아하고 선택하는지 알긴 합니다.

그렇게 쓸 수 있냐고 묻는다면, 당연히 아닙니다.

어떻게 써야 하는지는 웬만큼 알더라도 말이죠.

제 성격상 시치미 뚝 떼고 쓰는 건 약간 어렵더라고요.

좋은 책과 인기 있는 책 중 어떤 게 더 도움이 될까요?
기본적으로 모든 책은 도움이 된다는 제 입장에서 보면
인기 있는 책이 훨씬 괜찮은 책이 아닌가 싶기도 합니다.
인기 있는 책을 쓴 적이 없어 자신할 수 없지만 말이죠.

책은 그 내용 여하를 떠나 칭찬, 칭송, 비판, 비난을 받습니다.
그건 책을 쓴 사람의 숙명이니 받아들여야 합니다.
그게 싫으면 책을 쓰지 말고 블로그 글만 쓰면 됩니다.

불특정 다수를 대상으로 펴내는 책은
일정 부분 공신력을 가질 수밖에 없으니
비판을 감수하고 받아들여야 합니다.

솔직히 좋은 책보다는 인기 있는 책을 쓰고 싶습니다.
좋은 책은 읽는 사람에 따라 다르니까요.
아무리 좋은 책을 쓴다고 해도
어차피 책 내용이 완전히 획기적일 리도 없고 말이죠.
그럴 바에는 많은 사람에게 선택받는 책이 더 좋겠죠.

제 책은 비판을 넘어 비난까지 다양하게 있습니다.

맞습니다!

욕먹을 바에는 인기라도 있어야 덜 억울하지 않을까요?

대형 오프라인이나 온라인 서점에서

매년 발표하는 '올해의 책'이 있습니다.

대부분 그해에 가장 많이 팔린 책 중에 선정합니다.

저도 올해의 책 후보에 선정되었으면 좋겠습니다.

베스트셀러 읽는 것을 넘어

베스트셀러 작가가 한번 되어 봤으면 참 좋겠네요.

늘 꿈은 꿔야 아름답고

그래야 도전하는 걸 테니 말이죠.

66 천천히 꾸준히! **99**

3부

오르막길을
가는 동안

인생은 마침표가 아니라

행복한 쉼표입니다

내일을 기대한다면

사람들이 이야기합니다.
"부자가 되고 싶다."
"언제까지 돈을 모으고 싶다."
이런 이야기를 많이 하죠.

모두 미래에 대한 이야기입니다.
미래는 아주 간단합니다.
오늘이 지나면 내일이 옵니다.
그렇게 하루가 쌓이면 미래가 됩니다.

내 미래는 내가 결정합니다.
오늘 지금 나는 무엇을 하고 있나요?
무엇인가 간절히 바라기만 하나요?
뭐라도 해야 내가 원하는 미래가 됩니다.

지식이 부족하다고 느낍니다.

항상 그러다 말면 안 됩니다.

당장 한 권의 책이라도 읽어야 합니다.

그런 하루하루가 쌓여 부족함이 채워집니다.

돈이 없다고 불평합니다.

돈이 없으면 무엇을 해야 하나요?

당장 오늘부터 단돈 만 원이라도 모아야 합니다.

그 돈이 쌓여 목돈이 됩니다.

어디서 무엇부터 해야 할지 모르겠다고 합니다.

어찌할지 모른다는 건 거꾸로 보면

아무거나 시작해도 된다는 뜻입니다.

하나라도 배운 후 본격적으로 공부하면 됩니다.

하루에 딱 10분이라도 공부했나요?

매일같이 엄청난 시간이 필요한 건 아닙니다.

단 하루도 빼놓지 않고 10분이라도 공부하면 됩니다.

그런 시간이 쌓였을 때 원하는 미래가 옵니다.

유튜브가 너무 재미있습니다.

유익한 방송도 많지만 멍하니 시간 보낼 때가 더 많습니다.

스마트폰을 들고 있는 내 모습을 발견합니다.

그 순간에 폰으로 지식과 정보 글을 읽어야 하지 않을까요?

만 원씩 모아 언제 목돈을 만드냐고요?

하루에 10분 공부해서 언제 지식을 쌓냐고요?

두꺼운 책을 언제 다 읽고 배우냐고요?

누구나 다 거기서 출발한 사실을 모르시는군요!

당신이 그토록 하찮게 여긴 자투리 시간과 돈.

그 시간과 돈이 모여 지식이 되고 목돈이 됩니다.

그렇게 10년을 하면 분명히 달라진 자신을 발견합니다.

고백하자면 바로 제가 그랬습니다.

처음 시작할 때는 껌껌한 동굴이었습니다.

지금도 그 사실에는 변함이 없지만

그나마 저 멀리 불빛이 있다는 것과

그쪽으로 걸어간다는 사실 정도는 압니다.

많은 시간이 지나니 그 별것 아닌 것들이
쌓이면 무섭다는 것을 깨닫습니다.
이런 것도 하지 않으면서 내일을 기대하는 건
너무 이기적이지 않나요?

세상 모든 일은 다 도움이 된다

지금까지 살아온 삶을 생각해 보세요.

과연 생각대로 살아왔나요?

저는 그렇지 못합니다.

생각대로 살았다면 지금 완전히 다른 인생이 되었겠죠.

'이렇게 살고 싶다.'

'저렇게 살고 싶다.'

이런 생각을 하지만

생각대로 된 적은 없네요.

생각한 대로 살기 위해 노력했습니다.

지나 보니 노력은 했지만

뜻대로 되지 않은 경우가 훨씬 많습니다.

누구나 다 그럴 겁니다.

단 한 명도 생각대로 사는 사람은 없습니다.
그런 사람이 있을 리가 없죠.
우리가 살아가는 인생은 원래 그렇습니다.
뜻대로 다 되는 건 아니니 말이죠.

생각한 걸 실천하려고 노력했습니다.
노력한 만큼 성과가 나오지 않았을 뿐이죠.
세상은 원래 마음먹은 대로 되지 않더라고요.
내 의지는 의지일 뿐인 경우가 많죠.

제가 살고 있는 인생도 그렇습니다.
지금처럼 살 것이라고 생각한 적은 없습니다.
하다 보니 이렇게 살아가는 저를 발견했습니다.
대부분 그렇지 않을까요?

시간이 지난 후 어떻게 살지는 누구도 모릅니다.
많지는 않지만, 지금까지 살아 보니
살아온 인생에서 가치 없는 건 없었습니다.
무엇이든 전부 경험이 되더라고요.

과거에 내가 했던 것들이 쌓입니다.

그런 것들이 쌓이고 쌓여 지금의 내가 된 겁니다.

그 덕분에 현재 도움 되는 게 참 많습니다.

내가 지금 무엇을 하든 다 도움이 됩니다.

책 한 페이지라도 읽었나요?

쓸데없는 생각이라도 했나요?

평소와 다른 행동을 해 봤나요?

생전 처음 가 본 장소라도 있나요?

생각대로 한 건 거의 없을 겁니다.

쓸데없이 한 것들이 많을 겁니다.

그런 것들이 쌓이고 쌓여도 당장 눈에 드러나진 않습니다.

시간이 지난 후에 그게 경험이 되었던 거죠.

생각대로 살지 못하지만 말이죠.

생각만으로도 충분히 가치가 있습니다.

모든 것은 다 도움이 된답니다.

저는 이렇게 생각하고 살아가고 있어요.

하기 싫은 걸 오늘도 한다

하고 싶은 게 많습니다.

해야 할 것도 많습니다.

하고 싶지 않은 건 더 많습니다.

하기 싫은 것투성이고요.

박진영이 최근 한 이야기가 있습니다.

"배고파."

"죽겠다."

이런 말을 입에 달고 산다고 합니다.

20시간 간헐적 단식을 일주일에 몇 번씩이나 한다고 합니다.

아침에 일어나면 무조건 운동을 한다고 하네요.

이러니 매일같이 외친다고 합니다.

외친다는 거지, 하지 않는다는 게 아닙니다.

하루도 빼놓지 않고 운동을 한다고 하네요.

60이 될 때까지 자신의 춤 실력은 늘어날 것이라고 합니다.

그러기 위해서 하루도 빼놓지 않고 운동을 한다고 합니다.

조금만 먹어도 살이 찌는 체질이라 다이어트를 하고요.

박진영은 말합니다.

하기 싫은 걸 몇십 년 동안 했다고 말이죠.

바로 여기에 박진영의 성공 비결이 담겨 있습니다.

남들과 달리 아직도 현역으로 여전히 춤추고 노래 부르죠.

동시대에 함께 활동했던 가수 중 유일합니다.

다른 가수들은 이제 과거의 노래를 다시 부를 뿐입니다.

박진영은 여전히 신곡을 발표하고 노래하고 춤춥니다.

제가 볼 때는 춤출 때 선이나 느낌은 과거가 더 나은 것 같습니다.

우리 대부분은 하기 싫은 걸 안 합니다.

경제적 자유 중 하나가 하기 싫은 걸 안 하는 거라고 합니다.

그건 틀린 이야기입니다.

안 해도 되는 걸 거절할 수 있을 뿐이죠.

경제적 여유가 있다고 하기 싫은 걸 안 할 수 없습니다.

바로 그걸 해낸 사람만이 경제적 자유에 도달한 겁니다.

매일같이 하기 싫은 걸 거의 무의식적으로 해낸 사람.

날마다 루틴(routine)대로 아무 생각 없이 한 사람.

매일 운동하는 것도 사실 하기 싫은 거죠.

매일 하루도 빼놓지 않고 독서하는 것도 그렇습니다.

투자 관련된 뉴스를 매일 접하는 것도 마찬가지입니다.

지식을 쌓는 글을 매일 읽는 것도 귀찮죠.

하기 싫은 걸 하긴 합니다.

대부분 그 기간이 아주 짧기에 삶에 별 영향을 주지 못합니다.

박진영도 몇십 년을 그렇게 살았다고 합니다.

겨우 1년 정도 하고선 뭘 기대하진 말아야죠.

그 이상 훨씬 더 긴 시간 동안 해내야 합니다.

박진영처럼 매일같이 하루도 빼놓지 않고 하긴 힘들겠죠.

내가 그렇게 독하고 대단한 놈이 아닌 걸 인정하는 게 필요하죠.

그 정도는 못하더라도 1년 365일 중에 300일이라도 하는 거죠.

그렇게 꾸준히 포기하지 않고 한다면
분명히 변화된 자신을 만나게 됩니다.
나는 모르는데 남들이 나에게 알려줄 겁니다.
"너 뭔가 예전과는 다르다!"

하기 싫은 거 오늘도 하셨나요? ^^

정상으로 가는 계단

정상으로 올라가야 합니다.
가장 편하고 빠른 방법이 있습니다.
그것은 바로 엘리베이터를 타는 겁니다.
누구나 원하고 좋아하는 방법입니다.

어찌 된 일인지 정상으로 가는
엘리베이터는 고장 난 상태라고 합니다.
편하게 갈 방법이 없다는 뜻입니다.
고칠 생각도 없는 듯해요.

유일한 방법은 딱 하나뿐입니다.
계단으로 올라가는 방법밖에 없습니다.
한 계단씩 올라가야 합니다.
다른 방법이 없죠.

욕심부려 마구 달려갈 수도 있습니다.
혹시 계단을 뛰어올라 간 적이 있나요?
제가 해 본 적이 있습니다.
너무 힘들고 숨이 차서 토할 정도입니다.

11층까지는 그래도 뛸 수 있었는데
겨우 그거 뛰고 그 자리에 대(大)자로 누웠습니다.
오랫동안 헉헉대며 숨을 헐떡거렸습니다.
체력이 회복되어야 또다시 올라갈 수 있습니다.

뒤에 오는 사람은 자기 속도로 올라갑니다.
제가 쉬고 있을 때 한 계단씩 올라간 분들은
어느새 제 옆을 통과해서 유유히 걸어갑니다.
그래서 계단 오르기는 속도 조절이 필요하죠.

정상을 향해 밟아야 하는 계단을 보세요.
한 계단씩 밟고 올라가야 합니다.
계단 모양이 제각기라도 한 계단씩 밟아야 합니다.
올라갈 때 너무 지겹습니다.

쉽게 지치고 끝까지 올라가지 못하는 이유입니다.

아주 단순하고 반복적인 일을 되풀이해야 합니다.

지겨워도 한 계단씩 올라가는 방법밖에 없습니다.

다른 방법은 없습니다.

차라리 꼭대기가 몇 층이라는 정확한 숫자가 있다면 좋겠습니다.

힘들더라도 명확한 목표가 있으니 말이죠.

정상으로 가는 계단에는 그런 것도 없습니다.

심지어 내가 몇 층에 있는지도 모릅니다.

이런 지겨움을 이겨 낸 사람만이 정상에 갑니다.

자기 페이스에 맞게 꾸준히 걸어가야 합니다.

한 계단 밟고 올라가면 다음 계단이 나옵니다.

그 계단을 계속 밟고 올라가야만 정상으로 갑니다.

그러니!

천천히 꾸준히!

마침표가 아니라 쉼표

사람들은 의미 부여를 좋아합니다.
뭔가를 할 때마다 너무 많은 의미를 부여합니다.
스스로 힘들고 어렵게 만듭니다.
쉽게 해도 되는데 말이죠.

무언가를 할 때마다 고민합니다.
잘할 수 있을지 고민합니다.
하다 중간에 그만둘까 봐 두려워합니다.
해 보지도 않고 혼자 괴로워합니다.

저는 이야기합니다.
"그냥 포기하면 됩니다."
그게 뭐 어렵다고 말이죠.
아주 편하고 쉽게 이야기합니다.

뭔가 잘 안 풀린다고 생각된다면
마침표를 찍지 말고
쉼표를 찍으면 됩니다.
그러면 편해집니다.

포기라는 마침표가 괴롭죠?
그만둔다는 것 때문이죠.
내가 실패자라고 느낄 수도 있고요.
그래서 쉽게 못 하는 거죠?

차라리 '쉼표'라고 생각하세요.
마침표로 끝내 버린 것이 아니라
쉼표를 찍고 잠시 한 박자 쉰다고 말이죠.
그냥 하던 것을 멈추고 잠시 쉬는 겁니다.

언젠가는 다시 또 할 날이 오겠죠.
잠시 쉼표를 찍었을 뿐이니 말이죠.
언제 할지는 누구도 모릅니다.
나 자신도 모릅니다.

그저 쉼표를 찍고 기다리는 겁니다.

언제일지는 모릅니다만

다시 하고 싶은 마음이 들 때

그때 부담 없이 다시 하면 되죠.

여하튼 나는 포기한 것이 아닙니다.

그저 잠시 쉬고 있는 겁니다.

차라리 이렇게 생각하는 건 어떨까요?

'내가 마음만 먹으면 언제든지 할 수 있어!'

포기하면 어때? 안 한 것보다 낫잖아

사람이기에 고민할 수밖에 없습니다.

다른 사람이 볼 때는 별것 아닐 수도 있죠.

내게는 심각하고 중요한 일인데도 말이죠.

늘 내 문제는 엄청나게 크고 남의 문제는 작게 느껴집니다.

고민 대다수는 별것 아닌 경우가 많죠.

실제로 고민 대다수가 그렇다고 합니다.

대부분은 일어나지 않은 일에 대해 고민.

그 외는 일어날 리 없는 일에 대한 고민.

하지 않으면 문제가 생길 리 없죠.

그런데도 쓸데없이 '~했다면'이라고 가정하고

할지 말지를 고민합니다.

다소 이상합니다.

할 것을 걱정하는 것인지.

안 할 것을 걱정하는 것인지.

도대체 무엇을 걱정하는 걸까요?

누구나 잠시 고민할 수는 있다고 봅니다.

잠시라면 분명히 그럴 수 있습니다.

잠시 고민하면서 할까 말까 생각할 수 있죠.

오랫동안 고민한다면 그건 뭘까요?

결국에는 그걸 하고 싶은 거죠.

안 하면 그만인 것을 고민할 리가 없으니까요.

하고 싶기 때문에 고민하는 겁니다.

'그걸 잘할 수 있을까?'로 고민하기도 하죠.

해 보지도 않았는데 잘할 수 있을까요?

무엇이든지 처음 하는 일은 못하는 게 당연합니다.

잘하는 것이 오히려 이상하고 말도 안 되죠.

그런데도 잘할까 고민하죠.

이 얼마나 말도 안 되는 일인가요?

해 보지도 않았는데 잘한다는 게 말이 되나요?

일단 시작하고 차차 잘하면 됩니다.

하고 싶으면 일단 해 보는 겁니다.

해 봐야 성공을 맛볼 수 있으니까요.

실패는 무언가에 도전했다는 뜻입니다.

누구나 수많은 시행착오를 거치면서 발전합니다.

아무것도 안 하면 실패도 성공도 없습니다.

실패했기에 경험이 쌓이는 거고요.

지금까지 실패를 많이 했다는 건

아주 자랑스럽게 이야기할 수 있는 겁니다.

그만큼 도전했고 시도했다는 뜻입니다.

해 봐야 계속 도전할 것인지도 결정할 수 있죠.

그만 고민하고 일단 하세요!

정 안 되면 포기하세요!

그게 뭐 어때요?

안 한 것보다는 낫잖아요?

당신에게 말합니다.

그냥 해!!!

Just do it!

남들은 나에게 아무 관심도 없다

사람들은 무언가를 할 때마다
타인의 시선을 두려워합니다.
혹시 누가 뭐라고 할까 봐 걱정합니다.
시작하지도 않고 걱정부터 합니다.

해 본 적도 없으면서 남을 신경씁니다.
무언가를 해 봤는데 사람들의 따가운 시선 때문에
중간에 그만두었거나 포기했다면 이해합니다.
그런 적이 없는데도 자꾸 다른 사람을 신경씁니다.

거리를 걷다 한번 큰 소리로 "야~!" 하고 외쳐 보세요.
얼마나 많은 사람이 걷다 멈추고 나를 쳐다볼까요?
허무하게도 다들 걷던 길을 그저 계속 걸어갑니다.
슬쩍 쳐다볼 순 있지만 멈춰 서서 보는 사람은 드뭅니다.

대부분의 사람은 타인에게 관심이 없습니다.
자신을 사랑할 시간도 부족합니다.
내가 무엇을 하든 그다지 관심도 없고 신경도 안 씁니다.
오로지 나만이 남들의 시선을 두려워합니다.
아무도 나에게 관심이 없는데 말이죠.

혹시나 나에게 관심이 있는 사람이라면
그 사람은 나와 밀접한 관계에 있는 사람입니다.
솔직히 그 사람들도 나에게 큰 관심은 없습니다.
내가 엄청나게 충격적인 일을 하지 않는 이상 말이죠.

내가 하려는 일은 대부분 소소한 것입니다.
그나마 인지도라도 있다면 우리에게 관심을 가지겠지만
지금 이 글을 읽는 당신이 그 정도로 인기가 넘치나요?
저도 겨우 동네에서나 조금 알아주는 정도입니다.
동네만 벗어나도 아무도 저를 모릅니다.

여러분이라고 딱히 다를 건 없을 겁니다.
남을 신경쓰지 마세요.
그 시간에 그냥 하고 싶은 걸 하세요.
오로지 나만 알고 다른 사람은 몰라요.

사실 남을 신경쓰는 건 자존감이 낮아서입니다.

무엇이라도 작은 성취를 이룬 사람은 눈치를 덜 봅니다.

몸짱이 된 사람은 삶에 대한 태도가 달라집니다.

남을 의식할 시간에 자신에게 더 집중하고 노력합니다.

바로 그때입니다.

남들이 당신에게 관심을 가질 때가 말이죠.

몸짱이 된 후 당신에게 관심을 가집니다.

그전에는 관심도 없고 신경도 안 씁니다.

차라리 타인의 시선을 고마워합시다.

내게 이토록 관심을 가져 주니 고마운 일이죠.

그 덕분에 저는 무언가를 할 수 있었습니다.

지켜봐 준 덕분에 포기하지 않고 할 수 있었습니다.

다들 자기 생각하느라 바빠요.

당신에게 눈곱만큼도 관심 없어요.

괜히 혼자 난리 블루스 추지 마세요.

눈치 보지 말고 그냥 합시다!

아셨죠?

나에게 맞는 트랙

100미터 달리기 출발점에 섰습니다.

열심히 달렸지만 1등을 못 했습니다.

연습하고 노력했는데도 1등을 못 했습니다.

꼭 1등만 의미 있는 건 아니지만 말이죠.

나와 다른 사람은 서로 출발선이 다르다고요?

경쟁이 제대로 될 수 없는 환경이라고요?

그게 꼭 출발선이 달라서 그런 건 아닙니다.

그것 때문에 1등을 못 한 건 아니라는 말이죠.

달리는 도구가 달라서일까요?

나는 두 발로 달려야 하는데

누구는 자동차를 타고 달리고

누구는 오토바이를 타고 달리고요.

인터넷에서 유행하는 그림이 있죠.

노력해도 안 된다는 걸 풍자한 겁니다.

노력하려 해도 내 발에 묶인 쇠사슬과 쇠구슬.

이러니 달려도 뒤처질 수밖에 없습니다.

완전히 틀린 건 아니겠지만

세상을 너무 불공정한 시선으로 바라보는 겁니다.

스스로 무기력해지게 됩니다.

노력조차도 하지 못하게 만들 가능성이 있죠.

이런 생각은 어떨까요?

똑같은 100미터가 분명히 아닙니다.

100미터 달리기를 육지에서 하고 있네요.

이상하게도 나는 100미터 달리기를 못합니다.

아차!

나는 육지에 사는 사람이 아닙니다.

사실 나는 물에 사는 존재입니다.

이러니 육지에서 노력해도 이길 수가 없습니다.

나는 물에서 할 때 제일 잘하는 사람입니다.

내가 참여한 100미터 경기는 나에게 맞지 않는 거죠.

내가 노력을 안 했거나 능력이 부족한 게 아니었습니다.

다른 곳에서 100미터를 달렸어야 합니다.

그것도 모르고 열심히 달리고 있었습니다.

땅에서 100미터 달리기는 아무리 노력해도 안 됩니다.

1등은커녕 2등, 3등도 어렵습니다.

이런 사정도 모르고 무작정 노력하면

나만 힘들고 자괴감에 빠지게 됩니다.

자신이 누군지 먼저 알아야 하지 않을까요?

당신은 100미터 달리기를 못하는 사람입니다.

달리기를 잘하는 사람과 시합하면 지는 게 너무 당연합니다.

그렇지 않나요?

100미터 달리기를 계속할 건가요?

열심히 노력해도 경쟁에서 이기지 못하는데 말이죠.

그게 안 된다면 곰곰이 생각할 필요가 있습니다.

내가 잘할 수 있는 곳은 어디일까?

그곳부터 찾으세요!

생각이 행동을 변화시킨다

나는 잘 생겼다!

나는 예쁘다!

나는 멋지다!

나는 최고다!

이런 말을 하시나요?

차마 이런 말을 못 하시나요?

어차피 기준은 없습니다.

생각하기 나름이죠.

이 세상에 내가 태어난 것이 기적입니다.

그렇게 생각하지 않나요?

그걸 당연하게 생각하는 사람도 있습니다.

내가 이 세상에 태어난 것은 당연하다고 말이죠.

부(富)라는 것도 똑같습니다.

믿는다고 부자가 된다면 이미 진작에 다들 되었겠죠.

그냥 내가 경제적 자유를 이룬 것처럼 행동하면 됩니다.

당연한 것처럼 받아들이고 뻔뻔하게 이야기하세요.

내 것을 내 것이라고 말하는 건 당연합니다.

천연덕스럽고 해맑은 미소로 달라고 하세요.

안 주면 오히려 더 이상한 눈빛으로 바라보세요.

아이처럼 달라고 생떼도 부리면서 말이죠.

생각이 행동을 변화시키는 경우도 있지만

행동이 생각을 변화시키는 경우가 더 많습니다.

경제적 자유를 이룬 것처럼 행동한다는 건

자신감을 가지고 행동한다는 뜻입니다.

경제적 자유를 이룩했으니

나도 모르게 자신감 있게 행동합니다.

원래 그런 사람이었던 것처럼 행동하게 됩니다.

믿음 따위가 아닌 현실인 겁니다.

부(富)에 대한 부정적인 생각을 전부 버리세요.

그 돈은 나에게 와야 할 돈입니다.

이제서야 나에게 온 돈인 겁니다.

그 아파트는 원래 내 것이었던 겁니다.

그 건물은 애초부터 내 명의였던 겁니다.

쑥스럽다고 생각하지 마세요.

누구의 아들, 딸인 것이 창피한가요?

이야기할 필요도 없이 당연한 거죠!

당신에게 돈도 그런 겁니다.

내 것인데 뭘요!

이제 받으러 갑시다!

강요하지 마세요

새벽 네 시에 일어나 열심히 살았습니다.
잠을 줄이며 열심히 살았습니다.
몇 년 동안 그런 삶을 유지했습니다.
자산도 상당히 많이 늘었고 스스로 자랑스럽습니다.

이런 노력은 칭찬받아 마땅합니다.
게으름을 피우고 싶을 때마다
항상 마음을 다잡고 노력한 자체만으로도 훌륭합니다.
박수를 받기에 부족함이 없죠.

하지만 자기가 그렇게 했다고
남들도 그렇게 해야 한다는 건 교만입니다.
더구나 그렇게 살지 않으면 안 되는 것처럼
교묘하게 죄책감이 들게 만드는 건 더더욱 말이죠.

당신이 한 행동은 분명히 칭찬하겠습니다.

저도 무척이나 부럽습니다.

나는 하지 못한 걸 해낸 당신이 말이죠.

그렇다고 나에게 강요하진 마세요.

새벽에 일어난 사람만 성공하는 건 아닙니다.

남보다 적게 잔 사람만 성공하는 것도 아닙니다.

성공의 방법은 무척이나 다양합니다.

누구에게나 똑같이 적용되는 성공 방법은 없습니다.

인생은 무척이나 길고 또 길더라고요.

성공이라는 잣대는 절대로 획일적이지 않습니다.

우리 주변에는 꼭 그렇게 하지 않아도

묵묵히 일하며 행복하게 살아가는 분들이 많습니다.

치열하게 살아간다고 꼭 성공하는 건 아니더라고요.

가능성이 좀더 높은 건 맞지만 무조건은 아닙니다.

차라리 동네 어르신의 평범한 삶이 더 존경스럽습니다.

거창하진 않지만 누구에게 부탁하지 않아도 되는

그런 삶을 살고 계시니까요.

성공하지 않았다고 쓸모없는 인간은 아닙니다.

뭔가 보여 줄 것이 없다고 가치 없는 인간도 아닙니다.

평범한 인생도 충분히 가치 있고 중요합니다.

꼭 돈이 많아야만 행복한 인생이 아니듯 말이죠.

무엇인가 보여줘야 한다는 강박관념.

남들보다 앞서가야 한다는 강박관념.

이대로는 안 된다는 초조한 강박관념.

이런 강박관념을 별 풍선 쏘듯 하는 당신.

당신이 노력하고 잘하여 그 자리에 있는 건 인정합니다.

그러나 당신이 그 자리에서 빛나는 건

수많은 평범한 사람 덕분입니다.

그 사람들이 없었다면 과연 당신이 빛날까요?

덕분에 빛난다고 고마워하셨으면 좋겠습니다.

별이 빛나는 건 주변의 어둠 때문이죠.

당신도 나도 그런 존재랍니다.

자신이 해낸 걸 이야기하는 건 멋집니다.

남들에게 왜 못하냐고 강요는 하지 마세요.

그저 본이 되고 모범을 보여 주면 충분합니다.

무조건 나를 따라 하라는 건 어불성설입니다.

수많은 사람이 다양한 곳에서 자기 일을 하고 있습니다.

눈에 들어오지 않을지라도 누군가 해야 할 일을 하고 있습니다.

빛나지 않더라도 묵묵히 자신의 일을 하는 분들도 많습니다.

서로 다름을 인정해야 합니다.

강요보다는 동참을 권유하는 건 어떨까요?

지금까지 그랬듯이 앞서서 본을 보여 주세요.

강요하지 않아도 알아서 따라 할 겁니다.

따르지 않더라도 그 사람의 인생 자체를 격려하고 축하해 주세요.

백인백색의 사람들이 살아가는 세상이니 말이죠.

걱정을 해서 걱정이 없어지면 걱정이 없겠네

티베트 속담이 있습니다.
'걱정을 해서 걱정이 없어지면 걱정이 없겠네.'
잘 생각하면 정말로 그렇습니다.
걱정한다고 달라지는 건 없죠.

저는 긍정적인 사람입니다.
특별한 일이 없다면 걱정을 안 하려 합니다.
물론 쓸데없는 잡생각이 들며 걱정을 할 때도 있죠.
그렇다 해도 어지간해서는 걱정하지 않으려 합니다.

제 성격은 그렇습니다.
내일 당장 지구가 멸망한다고 해도
오늘 잘 시간이 되면 잡니다.
지금까지 그렇게 살았습니다.

내일 엄청난 일이 생긴다고 예정되었어도
오늘 밤에는 잘 자는 스타일입니다.
걱정한다고 달라지는 건 없으니 말이죠.
무척이나 낙천적인 성격입니다.

저를 볼 때 많은 분들이 웃는 상이라고 합니다.
아주 오랜만에 만나는 사람도
"어쩌면 그렇게 변하지 않고 똑같냐?"
이런 표현을 자주 듣습니다.

동안이라는 이야기도 들어요.
원래 동안은 나이를 먹을수록 불리하기도 하죠.
얼굴에 서서히 나이가 나올 테니 말이죠.
여전히 동안이라는 말을 듣지만 말이죠.

그건 걱정을 그다지 안 하기 때문입니다.
실제로 걱정한다고 달라지는 건 없습니다.
그 시간에 걱정거리를 해결하도록 노력해야죠.
대부분 걱정은 오지 않을 것에 대한 것이니 말이죠.

이미 그렇게 되기로 예정된 일도 있습니다.

이미 결정된 걸 내가 고민하고 걱정할 필요는 없죠.

솔직히 그런 면도 있지만

'에라 모르겠다!'

이런 속마음도 없지 않아 있습니다.

될 대로 돼라!

이런 마음도 없지 않아 있고요.

걱정은 내 마음을 좀먹으니까요.

맞는 말인 듯해요.

걱정을 해서

걱정이 없어지면

걱정이 없겠네.

빅뱅이 부릅니다.

'에라 모르겠다.'

관성의 법칙

'경로 의존성'이라고 있습니다.

'관성의 법칙'이라고도 하죠.

가장 유명한 것이 현재의 자판입니다.

현재의 자판은 예전 수동 타자기 시절의 배열입니다.

수동 타자기는 너무 빨리 치면 충돌이 났죠.

지금의 자판은 이를 방지하기 위해 배열된 자판입니다.

더 편리한 자판 배열이 개발되었지만

사람들은 여전히 기존 자판을 사용합니다.

사람들은 그만큼 익숙한 걸 계속하려고 합니다.

예전에는 에스컬레이터를 탈 때 한 줄 서기를 했습니다.

오른쪽에 서 있고 왼쪽은 바쁜 사람들이 걸어가라고 비워 두었죠.

어느 날 두 줄 서기로 바꾸면서 혼란이 왔습니다.

아직도 모두 한 줄 서기에 익숙합니다.

두 줄로 서 있으면 뒤에서 이야기합니다.

지나가려고 하니 비켜 달라고 말이죠.

이로 인해 종종 언성이 높아지기도 했었죠.

이처럼 경로 의존성은 사람들에게 무서운 영향을 끼칩니다.

우리가 살아가는 인생도 그렇습니다.

나도 모르게 익숙한 것만 하려 합니다.

익숙하지 않은 건 무의식적으로 피합니다.

출퇴근할 때도 평소에 다니던 길로만 갑니다.

다른 길로 가려 하지 않습니다.

이렇게 되면 뇌가 움직이지 않습니다.

치매를 방지하기 위해서라도 새로운 길로 가라고 권하죠.

저 같은 경우에도 길을 걸을 때 그렇게 합니다.

다소 모험적으로 가 보지 않은 길을 걷습니다.

집이나 목적지에 갈 때 안 가던 길로 가 봅니다.

가장 큰 이유는 바로 지겹기 때문입니다.

삶을 살아가거나 무언가를 할 때도 그렇지 않나요?
빨리 늙는 이유는 바로 새로운 것에 대한 도전 부족이라고 합니다.
이미 어느 정도 알 만큼 안다고 생각하니 도전하지 않습니다.
하던 것만 계속해도 살아가는 데 별 지장이 없거든요.

저는 그러고 싶지 않습니다.
엄청나게 새로운 걸 도전하진 않지만
새로운 걸 하려고 노력합니다.
안 하던 것에 도전할 때 오히려 즐겁습니다.
힘들고 어렵고 귀찮기도 하지만 말이죠.

무언가 조금씩 달라지는 게 바로 '발전'이 아닐까요?
갑자기 달라지면 죽을 때가 되었다고 농담처럼 말하죠.
그러니 조금씩이라도 미세하게 새로운 걸 시도하는 게 좋습니다.
주말에 가지 않았던 새로운 장소에 가든지
평소 안 가던 길로 다니든지 말이죠.

변화는 작은 것부터 시작합니다.
거창하게 큰 걸 바꾸는 게 절대로 아닙니다.
평소의 익숙함에서 가끔 벗어나는 건 좋은 겁니다.
우리를 성장시키는 첫 계기입니다.

아침형 인간? 저녁형 인간?

하루에 예닐곱 시간 잡니다.
평일에는 0시 30분 정도에 잠을 자고
아침 7시 20분 전후로 일어납니다.
가끔 게으름을 피울 땐 8시에 일어나기도 합니다.
한 번에 벌떡 일어나는 날도 있고
그렇지 않은 날도 있습니다.

바쁘거나, 피곤하거나, 특별한 일이 없으면
TV 예능 프로그램이 끝나는 시간,
언제나 그 시간 즈음에 잡니다.
이런저런 일로 일찍 자거나 늦게 자기도 하지만 말이죠.

많이 자는 편은 아닌데
그렇다고 적게 자는 편도 아닙니다.
저도 하루에 서너 시간만 자면 좋겠습니다.
그만큼 더 긴 하루를 쓸 수 있으니 말이죠.

그러나 이 부분은 깨끗이 포기했습니다.

제 자신을 너무 잘 압니다.

전 그렇게 못 삽니다.

하루에 6~7시간은 자야만 하더군요.

사실 7~8시간은 자야 졸리지 않고요.

그렇다고 낮잠을 자는 스타일도 아닙니다.

지금까지 졸려도 낮잠을 자진 않았습니다.

PC 앞에 앉아 저도 모르게 깜빡 존 적은 많지만요.

제일 창피할 때는 바로 전철에서 졸 때입니다.

갑자기 '쿵' 소리가 납니다.

맞습니다.

읽던 책을 바닥에 떨어뜨린 것이죠.

너무 창피합니다.

아무렇지 않은 척 다시 책을 집어 듭니다.

아무 일도 없었던 듯이 앉아서 다시 책을 읽습니다.

또다시 '쿵' 소리가 납니다.

어김없이 책을 다시 바닥에 떨어뜨렸습니다.

연속으로 그러니 너무 창피합니다.

어쩔 수 없이 책 읽는 걸 포기하고 스마트폰을 봅니다.

이렇게 졸릴 때도 낮잠을 청하진 않습니다.

잠을 적게 잔 날 이런 경우가 많죠.

저는 새벽형 인간도 아니고

아침형 인간도 아닙니다.

미라클 모닝은 더더욱 아닙니다.

그런 걸 별로 좋아하지 않습니다.

미라클 모닝도 거의 10년마다 주기적으로 유행하네요.

거의 10년마다 관련 책이 유행하고

사람들이 따라 하는 걸 봅니다.

이것이 나쁘다고 보진 않지만

괜히 자책감만 들고 자괴감에 빠지게 됩니다.

남들이 하는 걸 나는 못 하는구나.

그럴 바에는 차라리 하지 않습니다.

모든 사람이 다 똑같을 순 없습니다.
어떤 사람은 아침형 인간이지만
어떤 사람은 야간형 인간입니다.
각자 성향에 따라 맞게 살아가면 됩니다.

가만히 보면 모두 남을 의식한 행동입니다.
남들이 그렇게 해서 성공했다고 하니 나도 하고자 합니다.
남들처럼 해서는 성공하기 힘든 시대인데도 말이죠.

아침에 하든 야간에 하든
무언가를 하면 되지 않을까요?
아침 일찍 일어나기 힘들다면
차라리 밤늦게까지 생산적인 일을 하면 되죠.
자신에게 맞는 시간을 찾으면 됩니다.

시간을 잘 활용하면 되는 거 아닐까요?
다 똑같은 시간이라고 봅니다.
아침에 일어나야만 할 수 있고
야간에 하면 할 수 없는 일도 있나요?

저도 한때는 아침형 인간으로 새벽 5시에 일어났습니다.

회사에 다닐 때 그렇게 생활했습니다.

실력이 없어서 아침 일찍 출근하는 걸로 생존하려고요.

젊을 때는 새벽 2~3시에 잠을 잤습니다.

대체로 젊을 때는 밤늦게까지 안 자고 무언가를 하죠.

이른 새벽보다 늦은 밤에 집중이 잘되는 사람도 많습니다.

각자 자신과 잘 맞는 시간에 집중하면 됩니다.

무엇보다 제발!

이런 것도 못 하면서 성공할 수 있겠냐고!

새벽에 일어나야만 성공할 수 있다고!

불안감, 공포감, 죄책감을 심어 주지 않았으면 합니다.

자신에게 잘 맞는 방법이라고 해도

다른 사람에게는 맞지 않을 수 있습니다.

그런 주장은 지독한 편견이고 아집입니다.

본인의 성공 방법이 만병통치약은 아닙니다.

중요한 건 자신만의 시간을 확보하는 거겠죠.

새벽에 일어나서 TV 보려고 하는 건 아니잖아요?

뭔가 생산적인 걸 하려는 게 핵심이겠죠.

그게 꼭 새벽일 필요는 없다고 생각합니다.

자신에게 맞는 시간을 찾아 집중하면 되지 않을까요?

벽은 내 마음이 만든 것인지도 모른다

'개미'라는 소설이 있습니다.

베르나르 베르베르의 소설이죠.

너무 재미있게 읽었습니다.

개미라는 곤충과 그 세계에 대한 이야기가 흥미로웠습니다.

베르나르 베르베르 소설을 몇 권 더 읽었습니다.

경제, 경영책을 주로 읽으면서

베르나르 베르베르의 소설과 멀어졌습니다.

그동안 그의 새로운 책이 많이 나왔죠.

그 책들을 언젠가 읽겠다는 생각은 늘 하고 있습니다.

아직까지 마음의 여유가 없는 것일까요?

마음만 먹고 아직 실행하지 못하고 있습니다.

워낙 베르나르 베르베르의 새 작품이 많아 그런 듯합니다.

'개미' 책에는 인간이라는 존재가 나옵니다.

거기서는 '손'이라고 표현하죠.

읽은 지 20년쯤 지나 기억이 가물가물합니다만

손은 분명히 신이 아닙니다.

손은 거대한 존재로 묘사됩니다.

개미에게는 완전히 넘사벽인 존재죠.

어디서 오는지 예측하기 힘들고

개미는 딱히 어떻게 할 방법도 없는 존재입니다.

저는 인간이라 손이 무섭지는 않습니다.

개미에게는 엄청난 존재지만 말이죠.

개미는 아마도 인간의 전체를 본 적이 없을 수도 있습니다.

개미로서는 인간의 전체 모습을 볼 수 없겠죠.

그만큼 개미에게 인간은 거대합니다.

인간인 우리가 볼 때 이해가 안 되지만 말이죠.

개미에게는 하나의 커다란 벽입니다.

자신이 인식하지 못하는.

누구나 자신이 가진 벽이 있습니다.

그 벽은 아주 작디작을 수 있습니다.

혼자서는 도저히 넘을 수 없는 벽일 수도 있고요.

벽을 뛰어넘기 위해서는 무엇을 해야 할까요?

발상의 전환이나

인식의 확장으로

그 벽을 넘을 수 있습니다.

벽을 뚫을 수도 있고 말이죠.

벽이 앞에 있다고 좌절할 필요는 없습니다.

굳이 꼭 뛰어넘을 필요도 없습니다.

뚫어도 되지만 우회해도 됩니다.

방법은 아주 다양하니 말이죠.

하고 싶은 말은 이겁니다.

벽이 눈앞에 있다고 포기하지 마세요.

방법은 분명히 있습니다.

그 벽은 내 마음이 만든 것인지도 모르잖아요.

꾸준히 해야 티가 나더라

지금까지 살아오며 무언가에 집중한 적이 있나요?
저는 집중했다는 생각이 들 정도로 한 적은 없습니다.
남들이 볼 때는 집중한다고 말할 수도 있지만
무언가에 골똘히 집중하거나 미친듯이 한 적은 없습니다.

대신에 무엇인가 꾸준히 하는 건 잘했습니다.
두드러지게 사람들에게 주목받은 일을 한 적은 없지만요.
단기간에 커다란 성과를 보여 준 적도 없고요.
저는 지극히 평범하고 늘 중간 정도였던 사람이었죠.

아마도 중고등학교 친구들은 저를 기억하지 못할 겁니다.
존재감 자체가 없이 그저 의자에 앉아 있던 반 친구 정도.
그 이상도 그 이하도 아닌 아이였습니다.

그나마 대학생 때는 MT 사회도 보고 하도 열심히 놀아서
교수님이 "너는 그만 놀고 군대나 가라."고 했을 정도니
몇몇 친구들은 저를 기억하지 않을까 합니다.

당시에는 몰랐습니다.
시간이 지나 저 자신을 돌아보니
무언가를 집중적으로 한 적은 없지만
어떤 걸 하면 꾸준히 계속한다는 사실을 말이죠.

이게 단기간에는 아무런 효과가 없습니다.
상당한 시간이 흘러야만 꾸준히 한 효과가 서서히 나타납니다.
한마디로 인생 전반에 걸쳐 포기하지 않고
계속해서 꾸준히 해야만 티가 나더군요.

사람들이 드디어 저를 알아보고
'꾸준히'를 칭찬하더라고요.
저도 놀랐습니다.
난 무척이나 별 볼 일 없는 아주 평범한 사람이었고
어디에서도 두각을 나타내지 않던 사람이었으니 말이죠.

남들이 집중적으로 하다 흥미를 잃고 포기할 때도
저는 여전히 하고 있었습니다.
집중적으로 하기보다 제 템포에 맞춰서 했습니다.
모든 걸 다 제쳐놓고 하나에만 집중한 적은 없습니다.
이것저것 조금씩 꾸준히 했습니다.

한 가지만 집중적으로 하면 금방 질려 합니다.
여러 가지를 조금씩 하니 최소한 질리지는 않습니다.
하다가 중간에 멈추기도 하고 다소 느리게도 했고요.
중요한 건 끝까지 꾸준히 했다는 겁니다.

이걸 장점으로 내세울 생각은 못 했고요.
'내가 할 수 있는 건 이게 다야.'
그저 그게 다였습니다.

제 스스로 찌질하다면 찌질하다고 생각했습니다.
사람들에게 보이는 제 이미지는 정확히 모르지만
저를 좋아해 주시고 대단하다고 말해 주면
'내가?' 하며 다소 신기하더라고요.

그저 꾸준히 무언가를 계속했더니 이렇게 되더라고요.

사람들에게 계속 보여 준 덕분이겠죠.

별생각 없이 시작했던 여러 가지를 포기하지 않고

꾸준히 계속 보여 주었기 때문입니다.

집중이란 잠을 하루에 4시간만 자면서

하루 종일 정신을 모아 온 신경을 집중해서

다른 것을 배제한 상태가 아닐까 합니다.

한 가지에 몰두하여 삶의 우선순위를

그곳에 집중하는 상태 말입니다.

저는 그랬던 적이 없었던 듯합니다.

제 인생에 있어 집중이라는 것 자체가 없었던 듯합니다.

그저 물 흐르듯이 무엇이라도 했거든요.

무언가에 집중해 본 적이 있나요?

한편으론 집중이 의도한다고 될까?

자연스럽게 나도 모르게 집중하는 것이 맞지 않을까?

여러분은 어떠세요?

삶은 원래 불공평하다

제가 선택하지 않았습니다.
태어나고 보니 한국.
태어나고 보니 서울.
태어나고 보니 우리 부모님.

부모님은 자영업을 하셨습니다.
저도 가끔 점포에 있었습니다.
제가 있어도 될 정도였죠.
손님이 자주 오지 않으니 말이죠.

IMF 전후로 가게를 접었습니다.
사장이던 아버지는 공장에서 일하셨습니다.
딱히 여유롭게 살지 못했습니다.
집에 차도 없었습니다.

제가 선택한 건 단 하나도 없습니다.

태어나 보니 그렇게 좋은 집이 아니었네요.

우리 집이 강남이었으면 참 좋았겠죠.

그것도 압구정 현대아파트에 거주했다면.

공부 머리도 없었습니다.

무척 신기하고도 기가 막히게

성적은 언제나 반에서 중간이었습니다.

공부를 하든 안 하든 그랬네요.

절대로 삶은 공평하지 않습니다.

누구나 불만이 있습니다.

세계 최고 부자인 빌 게이츠의 자녀로 태어나도

불평, 불만이 없을 리가 없죠.

빌 게이츠마저도 삶은 불공평하다고 말했습니다.

공평해야 한다고 생각하면 한없이 불만투성이가 됩니다.

어차피 세상은 불공평합니다.

이 사실을 인정하지 않으면 스스로 더 힘들어질 뿐입니다.

이런 마음은 대부분 위를 보기 때문입니다.

자신보다 아래가 아닌 위만 보니까요.

아래를 보면 그런 마음이 덜 들죠.

그렇다고 치사하게 아래만 보며 위안 삼으라는 건 아닙니다.

기본적으로 세상이 그렇다는 거죠.

내가 불공평하다고 외쳐도 세상은 달라지지 않습니다.

불공평하다는 사실은 변함없죠.

차라리 인정하는 것이 속 편합니다.

내가 세상을 바꾸든가

내가 나를 바꾸든가

둘 중 하나를 선택해야 합니다.

어떤 걸 택하시겠어요?

제 답은….

계속 생각하면 결국 하게 된다

"저는 생각만 해요."
"저는 실행력이 너무 부족해요."
"저는 독서만 하는 것 같아요."

사람들이 제게 하는 질문 중 일부입니다.
독서를 하면 생각하는 게 중요하죠.
생각보다는 실천이 훨씬 더 중요합니다.
생각하고 실천하는 것이 핵심입니다.

누구나 이걸 아는데 쉽지 않습니다.
생각은 하는데 실천으로 이어지지 않는 거죠.
이런 자신의 모습을 보면서 실망하기도 하고
'나는 왜 이럴까?'라며 자책도 합니다.

저는 상관없다고 말합니다.

생각만 해도 아무 문제가 없습니다.

계속 생각하면 됩니다.

언제까지 생각만 하냐고 묻는다면?

할 때까지 생각하면 됩니다.

계속 생각하면 언젠가는 하게 됩니다.

그게 바로 인간의 가장 큰 장점이자 무서움입니다.

계속 생각하는데도 안 하는 경우는 없습니다.

10년 동안 생각만 해도 됩니다.

아마도 언젠가 생각을 안 하는 날이 올 겁니다.

그건 내가 하고 싶은 생각이 없다는 뜻입니다.

하고 싶다고 잠시 생각만 하는 건 그렇게 흘려보내세요.

정말 하고 싶지 않으니 결국 생각도 안 하게 되는 겁니다.

계속 생각한다는 건 언젠가는 한다는 뜻입니다.

다만 아직 마음의 준비가 안 된 것이겠죠.

망설이고 용기가 나지 않으니 행동하지 못합니다.

그러나 때가 문제일 뿐 언젠가는 하게 됩니다.

되돌아보면 저도 그랬습니다.

시간이 걸릴 뿐이지 생각하면 하게 됩니다.

생각한다고 다 할 수 있는 것도 아니잖아요.

생각한 모든 것을 다 하는 것도 아니고 말이죠.

시간이 걸릴 뿐이지 계속 생각하면 하게 되더라고요.

너무 자책하지 마세요.

하면 되잖아요.

아직 그다지 절박하지 않은가 보죠.

남이 아닌 나만의 속도로 가면 됩니다.

하고 싶다면 끝까지 포기하지 말고 생각하세요!

언젠가는 분명히 할 겁니다.

그때까지 나만의 속도로 꾸준히 가면 됩니다.

아셨죠?

기회는 낯선 사람에게서 온다

<낯선 사람 효과>라는 책은 이렇게 말합니다.
"기회는 친한 사람이나 지인을 통해 오는 것이 아니다."
친하진 않아도 어느 정도 아는 사람에게서 기회가 온다고 합니다.
정반대일 것 같은데 말이죠.

지인이나 친한 사람은 오히려 내 가치를 제대로 모르죠.
영웅이 고향에서 인정 못 받는 것이나 마찬가지입니다.
반면 다양한 이유로 가끔 만나는 사람이 있습니다.
이들은 오히려 나를 객관적으로 바라봅니다.

평소에 내가 하는 행동이나 말을 봅니다.
보아하니 사람도 괜찮고 일도 잘하는 것으로 보입니다.
마침 주변의 누군가 어떤 일을 하는 데 사람이 필요합니다.
이럴 때 나를 떠올리고 연결해 줍니다.

이처럼 뜻하지 않은 곳에서 기회가 올 수 있습니다.

기회는 사람에게서 오는 경우가 많습니다.

같은 업종 사람을 열심히 만나는 것도 좋지만

다양한 사람들과 만나는 게 더 좋은 이유입니다.

내 업무능력은 어차피 회사에서도 객관적으로 파악하기 힘듭니다.

중요한 것은 '이 사람이 추천해도 될 사람인가?'입니다.

평소에 지켜보면 업무능력을 자연스럽게 예측할 수 있죠.

이렇게 전혀 관계없는 사람이 나에게 제안할 수 있습니다.

몇 년 전부터 알고 지내던 분에게 연락이 왔습니다.

블로그를 통해 서로 알고 지냈고

그동안 만난 것은 몇 번 되지도 않았습니다.

어떤 제안을 하기에 만났습니다.

저는 만나자고 하면 만나는 편이니 말이죠.

오늘 만나 서로 이야기를 나눴습니다.

오늘따라 참 여러 곳에서 제안이 왔습니다.

2년 전에 강의했던 곳에서 연락이 왔습니다.

기업에서 연락이 왔는데 강의를 하겠냐고 제안합니다.

시간도 딱히 문제 될 것이 없어 하기로 했습니다.

이런저런 다양한 제안이 왔던 하루였습니다.

제안은 늘 좋습니다.

도움이 될지 안 될지는 들어봐야 알겠죠.

기회는 언제 어디서 올지 모르지만

결국 사람에게서 오는 것이니

평소에 사람들에게 잘해야 하겠습니다.

대신에 말이죠.

어떤 제안이 왔을 때 준비가 되어 있어야겠죠?

. . .

그걸 안 하면 루저라고요?

요즘 '크리에이터'라는 단어를 많이 듣습니다.
유튜브 덕분에 개인 방송이 활성화되었죠.
최근 다른 가수의 노래를 부르는 유튜버가
1,000만 구독자를 달성했다고 하네요.

예전에는 블로그가 그런 역할을 했죠.
다들 블로그를 해야 한다고 말이죠.
저도 <블로그 글쓰기>라는 책을 쓰고
블로그를 운영하라고 독려하기도 했습니다.

자신을 위해 유튜브나 블로그를 하는 것은 좋죠.
저도 적극적으로 추천하고요.
다만 불만이 있습니다.

하지 않으면 루저(loser)인가요?

이걸 하라고 독려하는 건 좋습니다.

그런데 그런 걸 안 하는 사람은 루저이고

제대로 인생을 살지 않는 것처럼 말합니다.

저는 그 누구보다 큰 혜택을 받은 사람입니다.

블로그 덕분에 완전히 새로운 인생을 살게 되었다고

이야기해도 부족함이 없습니다.

그렇다고 블로그를 안 하는 사람이 루저는 아닙니다.

하는 사람은 위너(winner)이고

하지 않는 사람은 루저라는

이분법적인 사고가 더 위험하다고 봅니다.

안 할 수도 있는 건데 말이죠.

다양한 사람이 다양하게 살아가는 거죠.

그런 이야기를 주장하는 사람은

본인이 의식하지 못한 건지

알면서 그러는지 몰라도

'선민의식'을 갖고 있다고 봅니다.

"나는 성공한 사람이다.

너희도 성공하려면 나처럼 해라.

루저로 살고 싶지 않다면 말이다.

나는 특별한 사람이라 너희들과 다르거든!"

그런 이야기할 시간에 주변 사람을 돌아보고

더 평등하고 공정한 사회가 되도록

노력하는 것이 더 좋지 않을까 합니다.

그걸 하지 않는 사람이 죄인은 아닌데 말이죠.

이렇게 말하는 게 좋지 않을까요?

"당신이 무엇을 하든 세상의 중심은 당신입니다."

배울 것만 배우면 된다

성공하기 위해 가장 좋은 방법이 있습니다.
바로 성공한 사람을 따라 하는 겁니다.
많은 사람들이 모방으로 시작한다고 합니다.
아무것도 모를 때 이보다 더 좋은 건 없습니다.

실제로 그렇게 해서 성공한 사람도 많고요.
이 세상에 정답이 없는 것처럼 위험성도 있습니다.
따라 하고 흉내 내는 건 좋지만
결과가 늘 똑같지는 않다는 겁니다.

성공한 사람을 따라 해도
모두가 성공하지 않는다는 것이 핵심입니다.
따라 하는 사람 중에 10% 정도만 성공하고
그 외 사람은 대부분 실패합니다.

문제는 언제나 성공한 사람만 보인다는 겁니다.
'생존 편향'이라고 할 수 있죠.
사라진 사람의 이야기는 들을 수 없습니다.
살아남은 사람의 이야기만 듣게 됩니다.

성공한 사람은 그때의 상황이 있습니다.
지금의 상황과 똑같다고 할 수는 없습니다.
그걸 유념하고 자신에게 적용해야 합니다.
그렇지 않을 때 노력했는데도 안 되는 겁니다.

심지어 성공한 사람들이 숨기는 것도 많습니다.
자신의 치부와 부끄러운 부분은 알리지 않습니다.
성공한 것은 확실하지만 뭔가 빈 공간이 있습니다.
그 빈 공간이 성공의 핵심인지도 모르죠.

그 빈 공간을 알려 주고 싶어 하지 않지만
그걸 알아야 확실한 성공의 비결을 알 수 있기도 합니다.
전부 믿지는 마세요.
그도 사람이고 나도 사람입니다.

자신이 성공한 비결을 알리는 이유는
이제 그 방법이 더는 통하지 않기 때문일 수도 있습니다.
정말로 성공한 방법이라면 최대한 늦게 알리려고 하겠죠.
굳이 왜 이야기해서 경쟁자를 만들까요?

성공한 그 방법이 이제는 그다지 잘 먹히지 않습니다.
꽤 많은 사람들이 그 방법을 알음알음 알게 되었습니다.
차라리 먼저 사람들에게 알리는 것이 좋습니다.
자신은 선한 사람이 될 수 있으니 말이죠.

중요한 것은 맥락입니다.
누구를 보든지 그 사람의 맥락을 봐야 합니다.
상대방의 의도를 정확히 파악해야 합니다.
그의 방법만 취하는 것이 좋습니다.

그도 나처럼 똑같은 사람입니다.
배워야 할 것만 배우면 됩니다.
굳이 그를 존경한다면서 쫓아다닐 필요는 없습니다.
괜히 그 사람도 헛바람이 들어 독약이 될 수도 있어요.

누구나 사람들이 떠받들면 우쭐해집니다.

자신도 모르게 취하기 마련입니다.

그렇게 자신도 모르는 사이에 변하게 됩니다.

서로 취할 것만 취하고 동등하게 지내는 게 맞습니다.

우리는 배울 것만 배우면 됩니다.

천천히 꾸준히 즐겁게 걸어요

까마득한 언덕이 보입니다.
굳이 거기로 걸어가야 할 필요는 없습니다.
다른 길로 가면 되니 말이죠.
꼭 거기에 가야 할 필요가 있을까요?
안 가도 사는 데 지장 없습니다.

문제는 '언제까지 피할 것인가?'입니다.
언덕에 가기 싫으면 다른 곳으로 가도 됩니다.
하지만 가려고 하는 곳이 결국에는 다시 언덕이죠.
그저 잠시 피하는 것일 뿐이죠.
때가 되면 싫어도 그 언덕을 올라가야만 합니다.

오르막은 힘들지만 도전 의식을 심어줍니다.
올라가며 점점 성취감을 안겨줍니다.
남들보다 더 위에 있다는 묘한 쾌감은 위험할지라도
없어서는 안 될 감정이기도 하고요.
그런 성취감이 저 위를 향해 가는 원동력입니다.

오르막만 보며 걷는 분들도 참 많습니다.
왜 오르는지 자체는 그다지 신경 쓰지 않고 말이죠.
오르막에 올라 정상에 섰습니다.
이제 모든 것이 끝나고 기쁠까요?
과연 그렇게 우리 인생이 단순할까요?

정상에 서는 건 아주 잠시일 뿐입니다.
산을 자주 오르는 사람은 전력투구로 등반하지 않고
여유롭게 주변 경관을 살피며 올라갑니다.

때로는 정상까지 가지 않더라도
함께 가는 사람들과 중턱에 머물며
도란도란 이야기를 나누면서
즐거운 시간을 보내는 걸로 족합니다.

누구나 정상에 오르기 위해 노력합니다.
오르막을 오를 수밖에 없는 상황도 있고요.
피하기보다는 즐겁게 웃으면서 걷는 게 좋습니다.
이왕이면 앞만 보지 말고 주변도 살피면서 가면 어떨까 합니다.

어차피 걷다 보면 정상에 도착합니다.
조금 늦게 도착하면 안 되나요?
정상에 도착만 하면 되지 않을까요?

정상에 오르면 남은 것은 내려오는 겁니다.
싫어도 내려와야 하는 것이 우리 인생이죠.
차라리 정상에 가지 않는 것이 더 즐거울 수 있습니다.
최대한 천천히 오르막을 향해 가는 거죠.

그만큼 인생이 더 즐거울지도 모릅니다.
정상에 올라 허탈하고 허무하고
이제 무엇을 해야 할지 막막하고
안절부절못할 바에는 그게 더 좋지 않을까요?

정상에 어떤 방법과 속도로 올라갔느냐에 따라
내려갈 때도 그 속도로 내려갑니다.
차로 빠르게 갔다면 내려올 때도 순식간에 내려와야겠죠.
힘들게 걸어 올라갔다면 어쩔 수 없이 걸어 내려와야 합니다.
어떤 방법을 택할지는 각자의 몫이겠죠.

저는 걸어 올라가는 걸 택했습니다.

천천히 정상에 가는 걸로 말이죠.

사실 좀 외롭기도 합니다.

나보다 저만큼 앞서간 분들을 보며 부럽기도 하고요.

가끔 나보다 앞서갔던 사람이

어느 순간 제 옆에 있기도 하더군요.

오늘도 천천히 느리지만 오르막을 향해 걷습니다.

비가 올 때도 있고

눈이 올 때도 있고

해가 쨍쨍할 때도 있고

바람이 불 때도 있습니다.

어차피 정상에 올라가는 건 확실합니다.

시기의 문제일 뿐 분명히 정상에 간다고 봅니다.

어제도, 오늘도, 내일도 노력하고 있으니 말이죠.

가는 길에 만나는 분들이 모두 소중하기도 하고요.

오늘도 만나서 함께 걸은 분이 있나요?

그렇다면 함께 즐겁게 걸어요.

66 천천히 꾸준히! **99**

4부

묵묵히
걸어갈래요

인생은 속도보다 방향이 중요해요

걷다 보면 결국 목적지에 도착하니까요

지방에 사는 청년에게

저에게 아래와 같은 메일이 왔습니다.
개인정보보호를 위해 내용을 조금 각색했습니다.

안녕하세요 선생님, 저는 24살 청년입니다.
지독한 가난이 싫어서 가난을 벗어나고자
열심히 공부하는 생계형 아르바이트생입니다.
당장 먹고살기 위해 지방에서 아르바이트를 합니다.

그런데 이렇게 살아선 평생 아르바이트만 하고
발전 없는 인생이 될 것 같아 여쭙니다.
앞으로 제가 어떻게 사는 게 좋을지
조언을 구할 수 있을까 싶어 이렇게 메일을 보냅니다.

저는 이렇게 답했습니다.

보내준 글만으로 제가 뭐라 답하기는 힘듭니다.
어떤 일을 하면서 아르바이트를 하는 것인지
순수하게 돈을 벌기 위해 아르바이트를 하는 것인지
생계형이라고 표현했는데 취직은 왜 안 하는지
그런 이야기가 없어서 살짝 애매합니다.

지방에 사는 것은 단점이자 장점입니다.
아무래도 대도시가 좀 더 할 일이 많죠.
반면에 지방은 그만큼 생활비가 적게 들 겁니다.
만날 사람이 적다는 장점(?)도 있고요.

무엇보다 중요한 건 현재 돈을 모으고 있나요?
생계형이라도 모을 돈이 없다고 생각하지 말고
1년에 단돈 100만 원이라도 모아야 합니다.

제가 임대를 놓을 때 젊은 임차인을 자주 만나는데
1년간 100만 원도 못 모으는 걸 자주 봤습니다.
돈이 없어 그런 건 분명히 아닐 겁니다.

단돈 100만 원이라도 돈을 모으는 습관이 들면
그다음에는 좀더 쉽게 큰돈을 모을 수 있습니다.
무엇보다 제일 중요한 건 지출을 통제하는 겁니다.
초반에는 이런 습관이 가장 중요한 핵심입니다.
그다음에는 더 많이 버는 것에 집중해야 합니다.

아르바이트를 하면서 어떤 곳에 취직할지 고민해야겠죠.
미래를 위해 몇 년 정도 준비한다고 생각하세요.
아직 군대를 다녀오기 전이라면 돈을 모으세요.
만약 군대를 다녀왔다면 직업을 가져야 하고요.

지금 하는 아르바이트가 일용직 같은 것이라면
아르바이트라도 충분히 돈이 되죠.
저도 20대 때 새벽처럼 일어나 일용직을 해 봤는데
몸이 힘들어서 그렇지 돈은 꽤 됩니다.
지방이라 그런 일자리가 적을 수도 있겠네요.

그렇게 돈을 모으면서 미래를 준비하는 게 좋습니다.
우선 제일 좋은 건 책을 읽는 겁니다.
어떤 책을 어떻게 읽어야 할지 고민하지 마세요.

정말 절박하다면 근처 도서관에 가세요.

경제/경영 코너에 꽂혀 있는 쉬운 책을 골라 읽으세요.

그런 책은 이틀에 한 권씩 읽을 수 있을 겁니다.

한 2~3년 정도 그렇게 책을 읽으면

400~500권 정도는 읽을 수 있겠네요.

어느 정도 머릿속에 들어온 지식이 있을 겁니다.

이를 바탕으로 그동안 모은 돈으로 투자를 해 보세요.

아직 30세 전이니 혹 실수하거나 실패해도

다시 일어설 여유는 있을 겁니다.

이런 이야기는 좀 꼰대스럽지만

나이 먹으니 이렇게 이야기하게 되네요.

지방이라 충분히 적은 비용으로 버티면서

어느 정도 돈을 모을 수 있을 겁니다.

돈을 벌 기회는 상대적으로 적겠지만

괜찮은 직업이 있다면 비용이 적게 들어 생활하기는 더 좋겠죠.

만약 이게 힘들다면 대도시로 옮기세요.

일할 기회가 훨씬 많은 곳이니 말이죠.

다만 그만큼 비용이 더 많이 지출되는 건 각오하세요.

열심히 벌어도 쓰는 돈이 더 나갈 수 있습니다.

지금 상황에서 중요한 건

평생 일할 수 있는 밑바탕을 준비하는 겁니다.

그렇게 열심히 준비해도 몇 년 일하다 보면

평생은커녕 생각보다 빨리 다른 일을 하게 됩니다.

그래도 평생 하는 것이라고 생각하고 준비해야 합니다.

그렇게 하면서 이틀에 한 권씩 책을 읽는다면

분명히 몇 년 후에는 지금과 달라진 자신을 발견할 겁니다.

그게 자산이든 내면의 힘이든 말이죠.

정말 절박하다면 이렇게 열심히 노력해야 합니다.

그렇지 않다면 좀 더 여유 있게 사흘에 한 권씩 읽으세요.

읽다 보면 며칠씩 걸리는 책도 수월해집니다.

아르바이트를 하는 현재가 중요한 건 아닙니다.
그동안 뭘 준비했는지가 더 중요합니다.
아르바이트만으로도 먹고살 수는 있을 겁니다.
아직 젊으니 20년 정도는 그렇게 살 수도 있겠죠.

만족하지 않고 더 발전하려는 의지로 메일을 보내셨겠죠.
그렇다면 아르바이트를 하며 다음을 모색하길 바랍니다.
조금이라도 저축하며 목돈을 만들려고 노력하면서요.
그러면서 꾸준히 책을 읽고 준비하세요.

막상 해 보면 어려운 것보다 더 견디기 힘든 게 있습니다.
그건 바로 엄청나게 지루하고 따분하다는 겁니다.
이런 시간을 견딘 사람만이 다음 단계로 갑니다.

이런 인내의 시간 없이 갑자기
짠! 하고 나타난 사람은 단 한 명도 없습니다.
끝까지 버티고 견뎌내기 바랍니다.
오늘보다 내일 더 나아지면 되는 것 아닐까요?

아빠! 주식 대박 났어?

"아빠! 주식 대박 났어?"
갑자기 집에 들어오자마자
저에게 이런 질문을 합니다.

사건의 발단과 전개는 이렇습니다.
며칠 동안 다들 삼겹살 이야기를 했습니다.
이런저런 일로 못 먹고 있었습니다.
금요일에 시간이 나서 먹기로 했습니다.
아주 맛있게 동네 삼겹살집에서 먹었습니다.

토요일에 집으로 가는 도중에 내려 걷다가
집 근처 맥도날드 매장에 들러 햄버거를 사 갔습니다.
일요일에는 치킨을 사 먹었습니다.
원래 피자를 사 먹으려고 했거든요.

뜻하지 않게 며칠 동안 계속 사 먹었습니다.

저녁마다 외식하거나 배달 음식을 시켜 먹었습니다.

너무 자주 사 먹는다고 생각했지만

살다 보면 그럴 때가 있죠.

더구나 주말에는 흔히 사 먹잖아요.

우연히 그렇게 됐습니다.

이게 이 녀석 눈에는 이상하게 보였나 봅니다.

집에 오자마자 또 피자가 있으니 외칩니다.

"아빠! 주식 대박 났어?"

이런 질문에 자신 있게

"어떻게 알았어?"라고 대답하면 참 좋겠습니다만

지금 주식 시장에는 파란색이 넘칩니다.

제 계좌도 역시나 파란색이 넘실댑니다.

마음이 아픈데 이 녀석마저 뜻하지 않게 저격하네요.

더 노력해서 주식 배당으로 먹고살기!

이걸 달성해야겠습니다.

다들 주식 대박 나세요!

소득과 자산

소득과 자산
둘 다 무척 중요합니다.
딱 하나가 더 중요하다고 할 수 없습니다.

대신에 순서는 있습니다.
무슨 소리냐고요?
천천히 잘 들어보세요.

자산은 든든합니다.
소득은 풍요롭게 합니다.
자산은 뭔가 아쉽습니다.
소득은 어딘지 아쉽습니다.

자산만 늘리면 궁핍해지는 경우가 많습니다.
아파트가 100채 있는데도 망하는 이유입니다.
현금흐름이 없을 때 경색이 생기면 나타납니다.
부자인 것 같은데도 여유롭지 못합니다.

소득이 많을수록 여유 있게 살 수 있습니다.
화려하게 치장하는 분들은 소득이 높습니다.
단, 소득이 언제까지 이어질지가 문제입니다.
소득은 대부분 내가 일해서 얻는 것이니 말이죠.

될 수 있는 한 소득을 올리기 위해 노력하는 게 맞습니다.
기본적으로 소득을 높여야 좀더 삶의 여유가 생깁니다.
소득만 높은 사람들은 지출 통제가 잘 안 됩니다.
소득이 높으니 씀씀이가 커질 수밖에 없습니다.

소득은 무한정으로 생길 수 없습니다.
소득이 늘어나다 어느 순간부터 줄어들게 됩니다.
그때 가서 자산이 없음을 후회해도 늦은 경우가 많습니다.
늘어난 지출을 갑자기 줄이기도 쉽지 않고요.

소득을 늘리려는 노력을 지속적으로 해야 합니다.
그 와중에 점차적으로 자산을 취득해야 합니다.
자산 자체로는 실질적으로 큰 의미가 없습니다.
부의 효과라는 게 있어서 자산가격이 올라가면
그만큼 기분이 좋아질 뿐이죠.

자산이 있어야 가격이 오르면서 안전마진을 확보할 수 있습니다.

자산가격이 내려가면 반대 효과가 생기기도 하지만요.

자산 자체는 매도하지 않는 한 별 소용이 없습니다.

보유 자산이 100억이라도 팔아야만 돈이 된다면 말이죠.

이 둘을 합치는 것이 바로 핵심이죠.

즉, 자산에서 소득이 나와야 합니다.

자산에서 나오는 소득은 진정으로 여유 있게 쓸 수 있는 돈입니다.

자산만 있으면 그다지 도움이 되지 못합니다.

이러다 보니 대부분 자연스럽게 진화합니다.

먼저 소득을 높이는 노력을 하고

높아진 소득으로 자산을 취득합니다.

그리고 자산에서 소득이 나오도록 만듭니다.

이 단계에 가야만 원하는 것을 할 수 있습니다.

소득만 높으면 모래 위의 성이 될 수 있습니다.

자산만 많으면 앙꼬 없는 찐빵이 될 수 있습니다.

자산에서 소득이 나오는 단계까지 꼭 가도록 하세요.

지금 여러분의 단계는 어디인가요?

믿지 말고 생각하자

사람들은 생각하지 않고 믿습니다.
믿음의 영역으로 가면 곤란해집니다.
믿느냐, 안 믿느냐의 싸움이 됩니다.
생각이 필요 없게 되죠.

누가 큰돈을 벌었다고 합니다.
사람들은 이것에 대해 깊게 생각하지 않습니다.
어떤 식으로 돈을 벌었는지
그 방법이 정말로 가능한지
이런 부분에 대해 생각해야 합니다.

그 사람이 돈을 벌었다고 믿을 뿐입니다.
실제로 돈을 벌었는지 아닌지는 모릅니다.
그걸 알아볼 생각도 하지 않습니다.
그저 믿을 뿐입니다.

이런저런 방법으로 돈을 번다고 합니다.

사람들은 그걸 믿고 따라 하려고 합니다.

믿는 건 좋지만 생각을 해야죠.

그 방법에 대해서 말이죠.

그 방법을 실천하기에 앞서

지금도 그 방법이 유효한지 파악하고

그 방법이 당시에 왜 성공했는지 생각하고

지금은 그 방법을 어떻게 실행하는 것이 좋은지 말이죠.

믿으면 편하긴 합니다.

생각하지 않아도 되니 말이죠.

아쉽게도 많은 사람이 이렇게 행동합니다.

생각하면 시간이 오래 걸리니까요.

시키는 대로 하면 일단 편합니다.

사람들은 그냥 믿는 걸 좋아합니다.

"나를 믿고 따르라!"라고 말하는 사람이 인기가 좋습니다.

믿고 따르라고 하니 마음이 편하고 확신도 듭니다.

생각하며 시행착오를 거치는 과정이 꼭 필요합니다.

이런 과정을 거치지 않은 사람은 없습니다.

성공한 자리에 있는 사람들이라면 말이죠.

확률은 낮지만, 무조건 따라 해서 성공한 경우도 있긴 합니다.

믿는 대로 했기에 성공했다고요?

에이~!

정말 그걸 믿으세요?

믿음의 영역이니 할 말은 없지만

당신이 소비된다고 생각해 본 적은 없나요?

믿음이라는 그 마케팅의 소비자일 뿐이라는 생각 말이죠.

이것도 생각해야 알 수 있는 부분이네요.

믿든, 생각하든 당신의 자유입니다.

단기로는 믿음이 좋겠지만

길게 볼 때는 생각하는 사람이 되었으면 좋겠습니다!

정답은 없어요

사람들이 묻습니다.
물론 꼭 저에게 하는 질문은 아니고요.
자기보다 먼저 길을 간 사람에게 묻죠.

그럴 때마다 사람들은 정답을 기대하는 듯합니다.
더 이상 고민하지 않으려고 말이죠.
"이것만 하면 돼!"
이런 이야기를 듣기 원하는 것 같습니다.

누군가 나를 이끌어 주기 원합니다.
이런저런 생각이나 고민을 할 필요가 없도록 말이죠.
그저 지시하는 대로 따라 하다 보면
어느 순간 원하는 목표를 달성하는 걸 꿈꿉니다.
그 과정도 어렵고 힘들겠지만 말이죠.

그런 질문을 받은 분들도 그랬을까요?

그들도 누군가 그렇게 끌어주고 지시한 대로 했을까요?

아마 여러분처럼 고민하고 또 고민했을 겁니다.

스스로 묻고 질문에 답하며 그 자리까지 갔을 겁니다.

정작 본인은 그렇게 해 놓고 남에게는 나를 따라오라고 하죠.

자신이 그런 시행착오를 거쳤으니 도와주고 싶은 건 알겠습니다.

본인이 그 자리까지 갈 수 있었던 이유는

바로 그 질문에 답을 찾는 과정에 있죠.

시간이 지나서 그걸 잊은 걸까요?

알면서도 본인을 위해서일까요?

질문하신 분에게 이렇게 말하고 싶습니다.

"그 질문에 답을 드리면 정말 그대로 하시겠습니까?"

정작 답을 드려도 따라 하지 않는 사람이 대부분입니다.

그러니 강력하게 "나를 따르라!"라고 말하는지도 모르겠네요.

저도 지금까지 했던 일이 모두 성공하지는 않았습니다.

실패한 것도 아주 많습니다.

지금도 여전히 그 실수를 뒤처리하며 고생 중이고요.

덕분에 이렇게 하면 안 된다는 걸 깨달은 적도 많습니다.

성공도 좋지만 이런 실패 경험도 큰 도움이 됩니다.

아이처럼 아무 의심 없이 따라 하실래요?

그런 사람이 과연 얼마나 될까요?

남의 사례는 남의 사례일 뿐입니다.

결코 내 것은 아닙니다.

따라 해도 잘 안되는 이유는 거기에 있습니다.

나라는 사람이 남과 다르다는 걸 먼저 인지해야 합니다.

나만의 방법을 찾아야 합니다.

그 시행착오가 싫어 도움을 요청하는 것이겠죠.

스스로 질문하면서 깨닫는 과정이 중요합니다.

누구도 대신할 수 없는 바로 그 여정 말입니다.

질문할 때 정답을 기대하지 마세요.

절대로 정답은 없습니다.

백인백색이라는 표현이 가장 적절할 겁니다.

점수를 매겨야 하는 시험은 정답이 있습니다.

그 외에는 정답이 없습니다.

모든 것이 정답이 될 수도 있습니다.

모든 것이 오답이 될 수도 있고요.

정답이 없는 세계에서 정답을 찾지 맙시다!

소나기는 피하면 된다

오늘은 소나기가 두 번이나 왔습니다.
오전에는 아무 기미도 보이지 않더니 말이죠.
12시 전후로 갑자기 깜깜해졌습니다.
비가 올 것 같은 뉘앙스를 팍팍 풍기더군요.

전혀 상관없습니다.
밖에 비가 와도 나가지 않으면 되니까요.
안에서는 비가 오는 걸 신경 쓰지 않습니다.
비가 와도 집에서 할 일은 있으니까요.

밖에 나가려고 내다보니
어느새 비가 멈추고 활짝 날이 개었습니다.
이제 비가 오지 않으니 아무 문제가 되지 않네요.

점심을 먹으러 식당에 들어갔습니다.
먹고 있는데 밖이 또다시 깜깜해집니다.
아니나 다를까 비가 또 옵니다.
이번에도 신경 안 써도 됩니다.

먹으면서 즐겁게 이야기를 나눴습니다.
밖에 소나기가 쏟아지고 있지만
내가 밖에 나가지 않고 있으니 말이죠.
다 먹고 나가려 하니 비가 그쳤습니다.

소나기가 온 후 하늘은 참 맑습니다.
근래에 보기 드물게 하늘이 맑습니다.
계속 미세먼지 등으로 안 좋았는데
비 온 후 하늘은 너무 깨끗하고 좋네요.

소나기는 갑자기 오지만
어느 정도는 미리 알 수 있습니다.
소나기는 잠시만 기다리면 그칩니다.
누구나 이런 사실을 알고 있죠.

소나기는 잠시 피하면 된다는 걸 알더라도
내가 그 시간에 움직일 수밖에 없으면
어쩔 수 없이 비를 맞으며 움직여야 합니다.
잠시만 기다리면 되는데도 말이죠.

투자의 속성도 마찬가지 아닐까요?
소나기만 잠시 피하면 되는데
그 잠시가 나에게는 영원처럼 느껴집니다.
마음이 급하니 도저히 참지 못합니다.

언제나 투자는 기다리는 사람 편입니다.
언제나 좋은 투자 물건은 넘칩니다.
이번에 못 사면 다음에 사면 됩니다.

오늘만 살아갈 것처럼 하지 말고
내일도 산다고 생각하세요!
세상을 보는 눈이
투자를 보는 눈이
달라질 겁니다.

친척이 많은가 봐

조물주 위에 건물주라는 말이 있죠.
제가 건물을 가지고 있진 않습니다.
나중에 건물 하나 가지는 게 목표이긴 합니다.

그때를 대비해서 평소에 연습(?)해야 합니다.
갑자기 건물을 가지면 힘듭니다.
다양한 임차인의 사정이 있고
건물 자체에서 생기는 문제도 있습니다.

그때를 위해서 미리 연습합니다.
여러 임차인을 만나면서
생각지도 못한 사람을 상대합니다
정확히는 임대차 관계죠.

그동안 많은 임차인과 만나고 헤어졌습니다.
제가 농담처럼 항상 하는 이야기가 있죠.
언제나 착한 집주인 코스프레를 한다고 말이죠.
월세가 몇 달씩 밀려도 잘 연락하지 않습니다.

정확히는 받지 않는 것이 아니라 못 받는 거죠.
뭐, 이렇게 생각합니다.
"오죽하면 월세를 못 내는 걸까?"라고요.
분명히 돈이 없는 건 아니라고 생각합니다.

그분들의 우선순위에서 밀렸을 뿐이죠.
다른 것들이 월세보다 우선순위에서 앞서는 거죠.
이해는 합니다.
될 수 있는 한 기다리면서 대화로 풉니다.

그러다 보면 시간이 훌쩍 갑니다.
입주 시작 때부터 속 썩이는 분이 있습니다.
신기하게도 통화하면 항상 말이 많습니다.
이분에게는 무슨 사건, 사고가 항상 생깁니다.

신기하게도 주변 분들이 많이 돌아가시네요.

늘 가까운 친척이 돌아가셨다고 말합니다.

이번에도 친척 중 누군가 오늘, 내일 한다고 말하네요.

현재 정신이 없어 상을 치른 후에 연락한다고 합니다.

어떤 사람은 회사에 다니면서

부동산 경매에 입찰하려고 친척 대소사를 이용했다네요.

부동산 경매 입찰은 평일 오전이니 말이죠.

덕분에 주변 친척이 많이 돌아가셨다고 하네요.

이 임차인도 친척이 많습니다.

패턴은 신기하게도 늘 비슷하고 말이죠.

임차료 때문에 친척들이 많이 돌아가시네요.

진짜로 그럴 것이라 믿고 있습니다.

법적인 조치를 할 수밖에 없다고 말했습니다.

그분은 "법으로 안 가도록 신경쓰겠다."라고 말합니다.

제발 좀 그랬으면 참 좋겠네요.

이야기를 들으면 항상 엄청난 스토리가 펼쳐지네요.

도대체 월세가 얼마나 밀렸냐고요?

입주한 지 1년이 넘었는데 월세를 낸 적이 별로 없어요.

다섯 손가락으로 충분하네요.

제발 친척들이 이제 그만 돌아가셨으면!

투자자예요? 이론가예요?

블로그에 댓글이 하나 달렸습니다.
"투자자세요? 이론가세요?"
이 질문을 보자마자 잠시도 망설이지 않고
저는 그 즉시 답글을 달았습니다.

저는 이론가입니다.
아니, 이론가인 듯합니다.
투자자라기보다는 말이죠.
어느 순간 그렇게 된 거 같아요.
다만, 지금부터 변명을 좀 할게요.

투자자인지 이론가인지는 중요하지 않습니다.
제가 강의나 책으로 어떤 내용을 알릴 때
투자자로 이야기하는 것이든
이론가로 이야기하는 것이든
그건 별로 중요하지 않습니다.

제가 쓴 글이나 강의 내용이
여러분에게 도움이 되느냐가 핵심이 아닐까요?
블로그에 공개한 글로 도움을 주고
여러분을 움직일 수 있게 한다면
그것으로 충분하지 않을까요?

굳이 변명하자면 글을 쓸 때보다는
강의할 때 좀 더 투자자에 가까운 이야기를 합니다.
글이란 공개적인 이야기를 해야 합니다.
투자를 하다 보면 어쩔 수 없이
합법과 불법, 탈세와 절세, 그 경계에서 줄타기를 하거든요.
이걸 글로 자세히 풀어내기는 힘듭니다.

한편으로는 투자자가 아닌 이론가일 때
좀 더 객관적인 시선으로 균형감 있게
한 발 떨어져서 좀 더 큰 시선으로 봅니다.
투자자 입장에서는 자연스럽게 관심 지역이나
관심 물건에만 집중하기 때문이죠.

사실 이론가인지 투자자인지는 중요하지 않습니다.
투자는 다 필요 없습니다.
돈 많이 번 사람이 최고 아닌가요?
그런 면에서 저는 아닌 듯하다는 거죠.

강의나 책은 무엇인가를 잘 알려주고
쉽게 가르치는 사람이 최고입니다.
물론 제가 꼭 그렇다는 것은 분명히 아니고요.
투자를 잘하는 것과 잘 가르치는 것은 다릅니다.

가끔 투자도 잘하고 잘 가르치는 사람도 있습니다.
대표적인 인물이 '워런 버핏'이죠.
너무 거창한 사람을 소환했나요?

그래도 늘 최소한 제가 알고 있는 것이나 깨달은 것을
최대한 쉽게 설명하려고 노력합니다.
제대로 이해하지 못하면 쉽게 설명하지 못합니다.

워낙 오랫동안 이 바닥에서 구르다 보니
지금 시장에 대략 어떤 일이 벌어지고 있는지
그 의미가 무엇인지 깨닫는 능력은 생기더군요.
이를 바탕으로 알려드리고 있습니다.

이런 질문에 기분이 상하진 않습니다.
절대로요!
오히려 덕분에 저에 대한 이야기를 할 수 있었네요.
저는 투자자보다는 이론가입니다.
현재는 그렇게 이야기할 수밖에 없습니다.

저로 인해 손해 보는 분이 없었으면 합니다.
투자는 워낙 예민한 분야라서 이 점을 늘 염두에 둡니다.
그러다 보니 과감하게 이야기하지 않을 때가 많습니다.
단 한 명이라도 저 때문에 손해 보는 건 피하고 싶습니다.

제가 하는 강의, 쓴 글과 책의 핵심입니다.
잃지 않도록 해드리자!

모르는 건 안 한다

제 강의를 들으러 오신 분들을 보고 깜짝 놀랍니다.
저와는 비교가 되지도 않는 스펙 때문에요.
제 스펙이 그리 대단한 것이 없다 보니!
이렇게 써 놓고 보니 살짝 그렇네요.

지금은 책을 10권 넘게 내기도 했으니
스펙이 떨어진다고 하기도 그렇네요.
그걸 제외하면 그다지 내세울 것은 없습니다.
학벌 등을 따진다면 말이죠.

공부 잘하는 것.
똑똑한 것.
좋은 직업.
좋은 직장.

안타깝게도 이런 것들은 투자와 상관없습니다.
엄청나게 똑똑하다면 가능할 수도 있겠네요.
실제로 엄청나게 똑똑한 분들은 투자로 돈을 잘 벌더군요.
그런 분들은 넘사벽이고 별나라 이야기죠.

노벨 경제학상까지 받은 사람들이 모여 만든 펀드가
어마어마한 손실을 보고 시장에서 사라진 걸 보면
똑똑함과 투자는 큰 상관이 없기도 합니다.
오히려 기질의 영향이 더 크다고 봅니다.

차라리 어딘가 좀 부족해 보이는 사람.
이런 사람들이 오히려 더 잘하는 것 같습니다.
자신이 잘났다고 생각하지 않으니 늘 겸손합니다.

과감하게 결정하고 자신 있는 사람들이
언뜻 보기에는 좋을지 모르겠습니다.
투자를 잘하는 사람은 오히려 소심합니다.
돌다리도 두들기면서 여러 번 따져 봅니다.
자기가 아는 지식과 정보가 맞는지 늘 고민합니다.

너무 똑똑하면 의심이 없는 경우도 많습니다.
정보를 듣고 자기 지식이 옳다고 판단합니다.
전혀 상관없는 자신만의 지식으로 말이죠.
심지어 인과관계는커녕 상관관계도 없는데도요.

차라리 모르면 모른다고 하세요.
모르면 그걸 인정하고 안 하면 됩니다.
모르면서 아는 척하고 투자하면
어쩌다 운 좋게 성공할 수도 있지만 대부분 실패합니다.

잘 알지도 못하면서 똑똑한 자신을 믿습니다.
아무리 똑똑해도 내 지식과 경험에 한해서입니다.
이런 사람은 투자에서 오히려 헛똑똑이입니다.
전혀 중요하지 않은 걸 중요하다 착각하죠.

오히려 자신감 넘치는 사람을 조심해야 합니다.
그 자신감이 보기에는 좋을지 몰라도
자신을 파멸시키는 가장 큰 원인이 될 수 있습니다.
투자에서는 내 능력 밖의 일이 너무 많으니 말이죠.

모르는 건 하지 않는다.

모르는 건 알게 되면 한다!

이것만 지켜도 절대로 실패하지 않습니다.

차가운 안녕

열심히 할 때가 있었습니다.
뒤도 안 돌아보고 앞만 보고 달렸습니다.
일단 생존이 먼저였습니다.
늘 그게 최선이라 여겼습니다.

다른 길도 있다고 생각했지만
일단 고민하지 않고 달려가기로 했죠.
차분히 생각하지도, 전후좌우를 살피지도 않았죠.
당시는 지금과 달랐던 시절이었죠.

과거가 찬란해서 모든 게 잘됐으면 좋겠죠.
그로 인해 지금 더 잘됐으면 너무 좋죠.
세상은 그렇게 만만치도 마음대로 되지도 않습니다.
중요한 것은 딱 하나입니다.
바로 계속하는 것!

제가 강의할 때도 시종일관 이야기합니다.

하다 보면 분명히 성공할 때도 실패할 때도 있습니다.

중요한 건 그럼에도 불구하고 꾸준히 계속하는 겁니다.

할 때마다 성공하면 위험합니다.

할 때마다 실패하면 포기하게 됩니다.

언제나 잘되면 좋겠지만 인생은 언제나 새옹지마입니다.

덕분에 교만하지 않고 좌절하지 않습니다.

그런 시간이 있었기에 지금의 제가 있는 거죠.

그 덕분에 어려워도 버틸 힘이 생겼습니다.

내가 보잘것없다는 생각보다는

같은 실수를 반복하지 말자고 생각했죠.

인간은 손실회피 본능이 무척 강합니다.

실제로 심리는 투자의 모든 것이죠.

수요와 공급은 중요하지만 그걸로 이해 안 되는 것이 더 많습니다.

왜 행동경제학이 생기고 심리학자가 노벨 경제학상을 받았을까요?

이걸 이해하지 못한다면 어느 날 한 방에 훅! 갈 수도 있답니다.

오늘은 차가운 이별을 했습니다.
투자를 엄청나게 오래 한 건 아니지만
시간이 지나 잘못했다고 판단되면
그때는 꼭 결정해야 합니다.

뒤도 안 돌아보고 이별하는 건
정말로 어렵고 어렵습니다.
인간은 이익보다 손실에 더 민감하게 반응하기 때문이죠.
아무리 아니라고 말해도 그게 진실이랍니다.

오히려 고마운 일입니다.
시간이 지나 이제는 인정할 수 있게 되었으니까요.
자신의 현 상황을 냉정히 인식하고 판단해야
계속 함께할지 이별할지 결정할 수 있습니다.

어떻게 할지 결심이 섰다면
이를 실천하는 것이 가장 중요합니다.
이것도 시간이 지나야만
올바른 판단인지 알 수 있겠지만요.

투자에서 딱 부러지게 정확한 답은 없습니다.

어떤 선택을 해도 하지 못한 것에 대한 후회는 늘 남습니다.

선택했다면 하지 못한 것을 후회하지 말고

다시 앞을 향해 달려가면 됩니다.

어제보다 오늘,

오늘보다 내일,

더 잘되면 되는 거죠!

가끔씩 비상구를 이용해요

투자하다 보면 피해야 할 때도 있고
숨어야 할 때도 있고
어쩔 수 없이 도망가야 할 때도 있습니다.

언제나 당당하게 맞서 싸울 수는 없죠.
늘 그러기를 원하지만
우리 마음과 달리 현실은 녹록지 않습니다.

정면으로 맞서는 게 답이 아닐 때도 많습니다.
가장 멋지고 성취감이 높은 건
누가 뭐래도 일대일로 맞짱 떠서
이기는 것임은 부정할 수 없죠.
매번 그럴 수 없을 뿐입니다.

그런 승리는 멋져 보이지만
상당히 많은 출혈과 희생이 따릅니다.
꼭 그래야 할 필요가 있을까요?
피하면 비겁한 것일까요?
그렇지 않다고 생각합니다.

오히려 상대방이 지칠 때까지
기다리는 게 훨씬 더 좋다고 생각합니다.
내가 먼저 지칠 수도 있겠죠.
그래도 내 할 일을 하면서 기다리다 보면
기회가 올 때가 많습니다.

멋진 승리가 가장 좋지만
다소 밋밋한 이런 승리도 좋습니다.
우리가 사는 현실이 그렇기 때문입니다.
투자도 그렇습니다.

모두 멋지고 화려한 것만 추구합니다.
책을 읽고 강의를 들으며 가슴이 뜨거워집니다.
나도 그렇게 하고 싶다는 욕망이 샘솟습니다.

이런 이야기가 넘쳐날 때가
오히려 가장 위험한 때입니다.
현실에서 그렇게 멋지고 화려한 건 거의 없습니다.
오히려 찌질한 것들이 훨씬 더 많죠.

투자는 화려하고 멋지지 않습니다.
지루하고 따분하고 외롭습니다.
늘 자신과의 싸움이고 기다림의 연속입니다.

거기에다 결정을 내릴 때마다
고민에 고민을 거듭합니다.
투자를 오래 하면 안 그럴까요?
보자마자 바로 결정하고 투자한다고요?

에이~! 거짓말입니다.
혹시 보자마자 뭔가 보이고 결정했다는 사람이 있다면
저는 차라리 그런 사람을 조심합니다.
'어디서 약을 팔아?' 이런 생각이 듭니다.

투자가 그리 쉬울 리도 없고
내가 내린 결정이 꼭 맞지도 않습니다.
지루함만큼 투자에서 친해져야 하는 놈도 없습니다.

내가 제대로 하는 것인지 끊임없이 고민합니다.
판단을 내리기 전에도
판단을 내린 후에도
보유하는 중에도 언제나 고민하고
후회하고 자책합니다.

비상구는 이럴 때 필요합니다.
어떻게 늘 옳은 결정을 할 수 있겠습니까?
잘못 결정했을 때는 비상구로 탈출하는 것이 좋습니다.

장렬히 전사하는 게 더 멋지다고요?
모질게라도 살아남아야 다시 기회를 얻을 수 있습니다.
우리는 현실 세계에서 살아가는 사람입니다.
아직 인생이 최소 30~50년은 남지 않았나요?
아직도 갈 길이 멀고도 먼데 일단 살아남아야죠.

엘리베이터는 이미 고장 났습니다.

비상구는 계단을 하나씩 걸어 올라가야만 합니다.

다니는 사람도 없으니 인기척도 없습니다.

그만큼 남들이 가지 않는 길이죠.

우리는 비상구를 종종 이용할 필요가 있습니다.

근육이 생기고 건강도 챙길 수 있거든요.

저도 가끔 사용합니다.

사자는 느긋하다

밀림의 포식자는 사자입니다.

사자는 절대적인 왕입니다.

애니메이션 <라이언 킹>을 봐도 그렇습니다.

사자가 포효하면 다들 벌벌 떨죠.

사자는 사냥할 때 언제나 최선을 다합니다.

아주 작은 차이가 사냥 성공과 실패를 나누죠.

사자가 가젤(gazelle)을 잡을 때 보면 알게 됩니다.

얼마나 최선을 다해 사냥하는지.

사냥할 때 사자는 온 정신을 사냥감에 쏟아붓습니다.

조용히 살금살금 사냥감에 다가갑니다.

사냥감이 일정 거리에 들어오면

폭발적인 힘을 내며 사냥감을 쫓습니다.

사자가 휘두르는 발길질에 맞으면 바로 기절이죠.

언제나 사자의 용감함과 매서움,

이걸 따라 하라고 말합니다.

사자와 같은 삶을 살라는 이야기도 하죠.

자기계발 책에서도 자주 이야기합니다.

포식자의 삶을 살아야 한다며 사자를 예로 듭니다.

이렇게 이야기하면 어떨까요?

사자는 맹수 중 맹수이고 밀림의 왕입니다.

사자는 언제나 사냥하지 않습니다.

사냥을 마치고 배가 부르면

꼼짝도 하지 않고 느긋하게 게으름을 피웁니다.

근처에 사냥감이 있어도 신경 안 씁니다.

그걸 아는 놈들도 사자 곁에 여유롭게 있습니다.

사자는 아무 때나 사냥하지 않습니다.

항상 날이 선 채로 주변 동물을 사냥하지 않습니다.

배가 고플 때만 최선을 다합니다.

평소에는 더할 나위 없는 한량입니다.
하품하며 완전히 늘어져 있습니다.
그렇다고 감히 사자에게 덤비는 놈은 없죠.
느긋하다고 사자의 본질이 달라지는 건 아니니까요.

약육강식과 관련되어 사자를 많이 언급합니다.
너무 사자처럼 되려고 항상 날이 서 있는 걸 반대합니다.
평소에 느긋하게 있을 때가 오히려 사자답습니다.
사냥할 때만 모든 걸 쏟아내면 됩니다.

투자도 마찬가지입니다.
쉴 때는 푹 쉬어야만 합니다.
휴일에 늦잠도 자고 푹 늘어지기도 하고요.
그래야 또다시 전력으로 뭔가를 할 수 있습니다.

사냥할 때만 사자처럼 열심히 하고
평소에는 느긋하게 지내세요.

시간을 견뎌낸 사람

빠른 성과를 바라는 사람이 많습니다.
정작 성과를 낼 때까지 버티는 사람은 드뭅니다.
다른 사람의 성과를 부러워합니다.
자기도 빨리 그렇게 되기를 바랍니다.

빠른 성과를 내기 위해서
빡세게 노력하는 사람이 많습니다.
짧은 시간에 뭔가를 해내면 대단하게 보이죠.
끝까지 견뎌낸 사람은 극히 드뭅니다.

'나도 어서 빨리 저 사람처럼 되고 싶다.'
남들이 볼 때 무척이나 매력적입니다.
인간의 욕망을 자극합니다.
누구나 가능하지 않다는 건 안 비밀입니다.

성과를 내는 비결은 아주 지극히 평범합니다.
시간을 통과한 사람이 성과를 냅니다.
그렇지 못한 사람이 성과를 내긴 힘듭니다.
이건 진리이자 사실이죠.

빠른 성과를 위한 노력은 참 좋습니다만
그러다 좀비가 될 수 있습니다.
견디지 못하고 금세 지칩니다.
정신력으로 버티는 데도 한계가 있습니다.

체력이 버티지 못하니
노력해도 잘 안 됩니다.
그러면 자연스럽게 포기하게 됩니다.
열정적으로 빡세게 하는 것도 좋지만 말이죠.

결국에는
평균 회귀의 법칙,
총량의 법칙,
등가교환의 법칙
등으로 수렴합니다.

당신이 포기하지만 않는다면
결국 다 만나게 되어 있습니다.
그저 아주 조금 더 빨리 앞서 나갈 뿐입니다.
내가 계속하면 결국 만나게 됩니다.

열정적으로 빡세게 한 사람들은
조금 먼저 가긴 해도
얼마 지나지 않아 지쳐서
자연스럽게 쉬어 가기 마련이거든요.
사람의 신체와 정신이 그렇답니다.

우보천리(牛步千里)라는 말처럼
우직하게 조금 느리더라도
꾸준히 하면 결국 성과를 냅니다.

시간을 견뎌낸 사람만이 성과를 맛봅니다.
제가 바로 그 증거입니다.
천천히 꾸준히 가고 있지만
매일 조금씩 나아지고 있습니다.

투자 공부, 너무 열심히 하지 마세요

많은 분들이 투자 공부를 합니다.

처음 시작할 때는 뭐가 뭔지 모릅니다.

아는 게 없으니 뭘 해도 어렵고 힘들죠.

책을 읽고 강의를 들으면서 조금씩 알게 됩니다.

주변에 열심히 하는 사람들이 가득해 보입니다.

얼마나 파이팅이 넘치는지 위축됩니다.

내가 너무 나태한 건 아닌지 돌아보게 됩니다.

'지금까지 난 무얼 하고 살았나?'라는 생각도 듭니다.

이렇게 살아서는 안 되겠다는 각오를 합니다.

'저렇게 열심히 하니 잘되는구나!'

이런 마음으로 그들을 부럽게 바라봅니다.

나도 열심히 해야겠다고 다짐하고 또 다짐합니다.

저는 좀 반대의 이야기를 하겠습니다.

너무 열심히 투자 공부하지 마세요.

그렇게 한다고 크게 달라지는 건 없습니다.

많이 안다고 반드시 현명한 판단을 하는 건 아닙니다.

너무 열심히 공부하면 오히려 위험합니다.

편향이 생기면서 균형이 깨지기 때문입니다.

뭔가에 집착할 때 그렇지 않나요?

실제로 주변을 보면 그렇습니다.

정말로 열심히 하는 사람들을 보세요.

폭락론자가 되는 경우가 많습니다.

폭등론자가 되는 경우도 많습니다.

다들 정말로 열심히 공부하고 아는 것도 많거든요.

그들은 이론적으로도 탄탄합니다.

모르는 게 없을 정도로 온갖 데이터로 무장했습니다.

오를 수밖에 없는 이유를 수백 가지 제시합니다.

떨어질 수밖에 없는 이유도 수백 가지 제시합니다.

그런데 말이죠.

예상과 반대 상황이 나타나면 대처하지 못합니다.

확신을 가지고 자신의 포지션을 설정했기 때문입니다.

지나친 공부가 오히려 독이 된 것이죠.

차라리 몰랐다면 조심이라도 했을 텐데 말이죠.

예전에 하락장에서 똑똑한 스타들이 많았습니다.

다양한 이론적 근거를 갖고 하락을 주장했습니다.

지금의 상승장에서도 똑똑한 스타들이 많습니다.

너무 유혹적인 이론과 데이터로 상승을 설득합니다.

모두 엄청나게 열심히 투자 공부를 했지만

지나친 하락에 대한 맹신으로 상승의 기회를 놓쳤습니다.

지나친 상승에 대한 확신이 탈출구를 놓치게 합니다.

투자가 우리 삶의 전부는 아닙니다.

한 발 뒤로 물러나 있는 게 더 득이 될 때가 많습니다.

시장에 대한 관찰은 소홀히 하면 안 되겠지만 말이죠.

너무 조바심을 가지고 시장을 바라보지 마세요.

투자, 별것 아니네

많은 사람들이 더 나은 내일을 위해 투자합니다.
자산을 모으기 위해 열심히 노력합니다.
누군가는 저 앞에 달려나가고
누군가는 내 옆에, 내 뒤에 있습니다.

처음 시작할 때 옆 사람들과 인사합니다.
나도, 그도 모두 초보입니다.
우리 모두 다 함께 잘해 보자고 이야기합니다.
시간이 더 지나 보니 신기합니다.

처음에 함께했던 그들은 이제 없습니다.
그리 많은 시간이 지난 것도 아닙니다.
그저 2~3년이 지났습니다.
긴 시간도 아닌데 모두 사라졌습니다.
여러 이유로 투자를 그만뒀겠죠.

그나마 아직도 살아남은 분들도

적극적으로 투자하는 것 같지 않습니다.

그분들은 여전히 회사에 다니고 있습니다.

투자도 포기하지 않은 것 같고요.

나도 그다지 변하지 않았습니다.

여전히 부자도 아니고 상황도 변하지 않았습니다.

몇 년이 더 지났습니다.

다행히 나는 아직 시장에서 퇴출당하지 않고 살아 있습니다.

여전히 부자는 아닙니다.

그때보다 자산이 조금 더 늘어난 정도입니다.

어디 가서 자랑할 정도는 아닙니다.

그저 조금 여유가 생긴 정도죠.

여기저기 모임에 가서

이 사람, 저 사람을 만납니다.

아직도 살아남은 사람을 우연히 다시 봅니다.

서로 살아 있음을 축하하며 이야기를 나눕니다.

그도 여전히 부자가 아니고 대단하지도 않습니다.

그저 예전보다 좀 더 여유가 있다고 합니다.

단지 그뿐이라고 말합니다.

상승장이 언제까지 갈지는 모릅니다.

지금도 여전히 상승장이라는 건 확실합니다.

물론 하락할지 모른다는 불안감도 있습니다.

그동안 많은 강의가 생겼고 스타도 생겼습니다.

여전히 "가즈아!"라고 외치는 사람도 많습니다.

무조건 이 지역을 사라는 이야기도 합니다.

마치 한국의 교육 시스템 같습니다.

입시 교육처럼 강의합니다.

이런 교육을 받으면서 위안을 받습니다.

무엇인가 내가 하고 있다는 안도감도 들고요.

열심히 새로운 투자처를 찍어줍니다.

그런 얘기를 들으면 왠지 뿌듯하고 신납니다.

좋은 결과가 나는지 그건 모르겠습니다.

오히려 열심히 하지 않은 사람이 더 많은 돈을 법니다.

게으른 투자를 하는데도 그렇습니다.

그저 묵묵히 자기 일을 하면서

1년에 한두 채씩 좋은 부동산을 사고

게으르게 투자하는 분이 더 성공합니다.

부동산 투자만 놓고 보면 그렇습니다.

오랜 시간이 지나면 저절로 알게 됩니다.

부동산 투자 별것 아니네!

완벽한 부동산이 아니라도 괜찮습니다.

시간이 가면 다 똑같습니다.

그저 오늘 자기 일을 하면서

천천히 꾸준히 투자하면 됩니다.

그렇게 살아남으면 됩니다.

투자 별것 아닙니다!

서울에서 살고 싶은 이유

제 부모님 세대만 해도 고향은 대부분 서울이 아니었습니다.
서울에서 나고 자란 경우는 극히 드물었죠.
먹고살기 위해 서울로 올라 온 분들이 대다수입니다.
좀더 범위를 넓히면 58년 개띠까지.

요 정도 세대까지는 서울이 고향이 아닐 겁니다.
각자 고향은 따로 있고 서울로 온 케이스가 많습니다.
서울에서 살아가면서 서울이 실질적인 삶의 터전이 되었죠.
고향은 아니지만 이제 와서 다른 곳으로 갈 수 없는 상황입니다.

요 밑 세대인 30~40대는 좀 다릅니다.
중간에 있는 50대는 좀 섞여 있다고 할 수 있고요.
이들에게는 서울이 나고 자란 곳인 경우가 많습니다.
서울이 한마디로 고향인 겁니다.

수구초심(首丘初心)이라는 말이 있죠.

여우가 죽을 때 제가 살던 굴 쪽으로 머리를 돌린다는 뜻입니다.

나이가 들면 자기가 태어난 고향으로 간다는 뜻이기도 합니다.

실제로 여기저기 돌아다니면서 살다가

마지막에는 자신이 태어난 고향에 정착하는 경우도 많죠.

이처럼 현재의 30~40대에게 서울은 고향입니다.

고향에서 계속 살고 싶어 하는 건 너무 당연합니다.

투자 목적일 수도 있지만 그건 논외로 치고요.

서울에서 나고 자란 사람이 서울에서 계속 살고 싶은 건 당연합니다.

나이를 먹으면서 부모님 따라 수도권으로 간 경우도 꽤 됩니다.

서울에서 나고 자란 후에 성인이 되어 나간 경우도 있습니다.

이런 사람들도 고향에 대한 그리움은 똑같이 있습니다.

남들에게 서울은 삭막한 콘크리트 도시일지 몰라도 말이죠.

서울에서 나고 자란 저 같은 사람에게는 그렇지 않습니다.

곳곳에 다 추억이 깃들어 있는 내 고향입니다.

많이 변하긴 했어도 여전히 곳곳에 내 추억이 있습니다.

이런 사람들이 서울에서 살고 싶은 건 당연합니다.

서울 출생인 사람이 단지 서울이라는 이유로 밖으로 나가야 할까요?

그건 절대로 아니라고 봅니다.

서울 주택 가격이 올라도 내 마음은 서울에 있습니다.

과거와 달리 이런 사람들이 무척 많아졌다고 봅니다.

서울이 고향인 사람이 못해도 400만 명은 되지 않을까 합니다.

이들은 뜻하지 않게 뿔뿔이 여기저기 흩어져 살고 있습니다.

다른 지역은 그러면 안 되는데 서울은 그래도 상관없는 걸까요?

지금까지 서울에서 살아가는 사람들의 이야기는 없는 듯합니다.

늘 주택 가격에 대해서만 떠들고 외치고 있습니다.

그것도 정확히는 아파트에 대해서만요.

빌라나 단독 주택에 거주하는 분들은 소외되고 있습니다.

저도 서울에서 나고 자랐을 뿐만 아니라 수십 년을 살았습니다.

저 같은 사람이 서울에서 거주하려는 건 당연하죠.

이에 대한 생각부터 좀 했으면 합니다.

내 고향에서 살고 싶은 게 잘못은 아니잖아요.

하여 저는 꼭 서울에서만 살 겁니다. ^^

이번 부동산 상승장의 특징

2016년에 <부동산의 보이지 않는 진실> 책을 썼습니다.
이 책이 나온 후에 여러 곳에서 강의했습니다.
자산운용사도 몇 군데 돌아다니며 강의했습니다.
여의도에도 자주 갔었죠.

당시는 서울 아파트에 온기가 돌기 시작하며
막 꿈틀하던 시기였습니다.
발 빠른 분들만 움직이고 있었죠.
그 외에는 아무도 관심이 없었을 때입니다.

자산운용사에 가니 크게 두 부류로 나뉘었습니다.
부동산에 관심이 있는 분들과
관심은커녕 적개심을 보이는 분들.
이렇게 극단적으로 나뉘었습니다.

흥미롭게도 이 둘은 나이로 구분되었습니다.

40대부터는 꽤 관심을 가지고 흥미를 보입니다.

20~30대는 관심도 없고 무척이나 비판적입니다.

그럴 수밖에 없다는 생각도 했습니다.

당시만 해도 여전히 일본 이야기와 인구 감소 이야기가
시장에 꽤 많이 퍼져 있었습니다.

금융 쪽에서는 이런 데이터를 신봉(?)했거든요.

부동산 시장을 좋게 바라볼 이유가 없었던 거죠.

강의가 끝나고 질의응답을 하면
젊은 층은 상당히 비판적인 질문을 했습니다.

심지어 다소 공격적으로 힐난하는 질문도 좀 있더라고요.

제가 거기에서 맞받아 대답할 이유가 없으니
점잖게 돌려서 답하긴 했습니다.

그들이 운용하는 돈은 아무리 못해도 몇백억은 될 테니
아파트 따위는 아주 우습게 보이기도 했겠죠.

나이에 비해 연봉도 상당히 많았을 걸로 보이고요.

여러 곳을 다닐 때 대체로 그런 느낌이었습니다.

반면에 나이가 좀 있는 분들의 반응은 달랐죠.

공개석상에서 질문하지 않았어요.

강의가 끝나고 저에게 조용히 와서 질문합니다.

지금 사는 게 좋은지 묻습니다.

자신의 상황 이야기도 하면서 말이죠.

그로부터 몇 년이 흘렀습니다.

그때 그분들은 어떻게 되었을지 궁금하네요.

저에게 조용히 오셔서 물어본 분들은 사셨을까요?

상당히 비판적이었던 분들은 여전히 같은 생각일까요?

지나고 보면 그때가 가장 적절한 때였는데 말이죠.

그때 매수했다면 아주 좋은 선택이었습니다.

솔직히 그때 저에 대한 비판과 비난에

살짝 상처를 받기도 했습니다.

제가 지금까지 투자 시점은 비슷하게 맞췄습니다.

경험이 쌓이면 모든 투자는 똑같습니다.

사야 할 때는 묻지도 따지지도 말아야 해요.

돌고 도는 세상에 투자의 답이 있다

처음에 저는 탑다운(top down)과 바텀업(bottom up) 중
바텀업 쪽에 치우쳐 있었습니다.
거대한 흐름을 보기보다는 개별 기업에 집중하자.
이런 상황으로 시장을 바라보고 노력했습니다.
제가 처음 투자를 공부할 때 그랬습니다.

여전히 강력한 영향력을 가진 워런 버핏 책을
열심히 읽고 공부한 결과로 그랬습니다.
큰 그림보다는 작은 것에 집중하는 것이 좋다고 말이죠.
잃지 않는 투자를 위해서 이것이 더 옳다고 생각했습니다.

시간이 지나 어느 정도 이런저런 투자를 하다 보니
저는 바텀업 투자와 잘 맞는 사람이 아니었습니다.
그보다는 탑다운을 먼저 보고 대상을 선정합니다.
솔직히 바텀업을 하려면 해당 물건이나 기업을
엄청나게 꼼꼼히 보고 조사하고 노력해야 합니다.

제가 그런 투자자가 아니라는 것을 갈수록 깨닫고 있습니다.

저는 어차피 오를 때는 다 함께 오른다.

떨어질 때는 세상없어도 떨어진다는 입장이 되었습니다.

아무리 개별 투자를 열심히 분석하더라도

하락장에서는 피할 방법이 없습니다.

상승장에서는 동반 상승하고 말이죠.

더 오르고 덜 오르는 것은 분명히 있습니다.

이건 노력하면 찾을 수는 있겠죠.

하지만 시간이 지나고 나면 누가 먼저 치고 나가고

조금 늦게 치고 나가냐의 차이만 있을 뿐이더군요.

시차가 존재할 뿐 나중에 되돌아보면 수익률은 비슷합니다.

투자 금액에 따라 수익금은 좀 달라지겠지만 말이죠.

갈수록 더욱더 순환(cycle)한다는 쪽으로 기울고 있습니다.

늘 변함없이 돌고 돈다는 걸 깨닫게 됩니다.

어떤 현상이나 상황이 다가왔을 때는 늘 불안합니다.

이번이 처음인 듯한 욕망과 공포에 휩싸입니다.

시간이 지나면 결국 이번에도 똑같았습니다.
시장이 어떤 방향으로 흘러가는지 파악하는 것이 중요합니다.
차라리 흐름을 파악하는 것이 좋아 보입니다.

오히려 큰 그림은 파악하기 쉬운데
작은 그림은 파악하기 애매하고 어렵더군요.
순환은 때에 따라 다르니 그걸 보는 것이 중요합니다.

주식시장도 큰 그림에 따라 돈이 움직입니다.
아직까지 제가 그런 걸 미리 파악하지 못한다는 아쉬움이 있습니다.
몇 년에 한 번씩 시장을 주도하는 놈들이 등장합니다.

어떤 때는 바이오주가 엄청나게 상승합니다.
불행히도 제가 이쪽 분야를 잘 모르니 지켜만 봅니다.
더구나 모르는 걸 공부해야 하는데
이쪽 분야는 너무 어려워서 손대지 못하고 있습니다.

부동산도 마찬가지로 큰 그림으로는 순환합니다.
지금은 서울이 큰 그림으로 볼 때 오르고 있는 상황입니다.
제가 볼 때 서울은 지금 파티를 하는 중입니다.

어떤 곳은 파티에 들어갔고
어떤 곳은 이제 파티를 하려 하고 있고
어떤 곳은 파티를 준비하고 있습니다.

기본적으로 파티가 시작되면 즐기는 거죠.
언제 파티가 끝날지는 누구도 모릅니다.
그 안에는 완전히 술 취한 사람도 있고
이런 분위기에는 못 있겠다며 일찍 나오는 사람도 있죠.
파티를 완전히 즐기는 사람도 꽤 있고요.
서울처럼 파티를 즐기는 곳이 언론에 나오는 건 당연하겠죠.

기본적으로 순환론의 입장에서 볼 때
파티를 준비 중인 곳을 선호합니다.
파티를 이제 시작하는 곳이 제일 좋겠지만
부동산 특성상 파티 끝나기 전에 빠져나오는 것에 대해
저 자신은 의문점이 있어서 말이죠.

돌고 도는 세상에서 흐름을 이용하려면

사실 꽤 긴 시간이 소요됩니다.

대부분은 이 시간을 기다리지 못하는 듯합니다.

그동안 이런 투자, 저런 투자를 해 보니

가면 갈수록 순환에 맞춰 투자하는 것이 좋다고 생각합니다.

지금 열리는 파티에 참여하지 못했다면

지금부터 준비하고 공부하여

다음 파티 때는 꼭 만나길 바랍니다.

이따 봐

아무 생각이 없을 때는 몰랐죠.
막상 관심을 가지고 보게 되니 보입니다.
어찌 된 일인지 저보다 앞서 있는 사람들 말이죠.
그나마 그건 괜찮아요.

분명히 당신이랑 차이가 나지 않았습니다.
시작한 때도 거의 같았습니다.
당신은 아직도 그 자리인데 말이죠
그는 어느덧 저 위로 올라갔습니다.

여전히 당신은 아직도 고민하고 주저합니다.
그는 얼마나 열정적이고 자신감이 넘치는지….
당신이랑 함께 수업을 듣던 그 친구는 위로 올라갔습니다.
벌써 몇 채나 갖고 있다고 말하네요.

무척이나 불안합니다.

당신도 엄청난 노력을 해야 할 것 같습니다.

미라클모닝은 물론이고 노력도 부족한 듯합니다.

이대로라면 당신에게 영~ 기회는 오지도 않을 듯합니다.

그런데 말입니다.

그냥 그러라고 하세요.

먼저 가라고 하세요.

당신보다 먼저 저 위로 올라가라고 하세요.

그가 당신보다 더 노력하고 열심히 한 거 맞잖아요.

당신보다 먼저 저 위로 가는 게 맞는 거죠.

그렇다고 포기하거나 중단하지는 않을 거잖아요?

당신도 계속해서 쉬지 않고 시간이 걸려도 할 거잖아요.

그러면 됩니다.

당신보다 먼저 갔지만 결국에는 만납니다.

그렇게 열심히 한 그도 결국에는 쉬는 날이 옵니다.

저 위로 올라가면 그때부터는 그게 또 그거입니다.

열심히 한 만큼 좀 지쳐서 다소 설렁설렁하게 됩니다.

저 위로 올라가면 그때부터는 더디게 됩니다.

일정 수준의 자산이 되면 그때부터는 그놈이 그놈이기도 하고요.

당신이 포기하지 않고 꾸준히 하면 결국에는 만나게 돼요.

당신보다 먼저 가서 더 편하게 쉬고 있을 수는 있겠죠.

열심히 안 했지만 지금 상대적으로 여유 있게 지내잖아요.

너무 열심히 하면 나중에 몸이 고생하고 병이 날 수도 있어요.

젊을 때는 티가 나지 않지만 나이 들면 나오더라고요.

평생 오래도록 건강하게 하려고 당신은 쉬엄쉬엄하는 겁니다.

당신도 분명히 언젠가는 저 위로 갈 겁니다.

그 시기가 그보다 다소 늦을 뿐이죠.

그가 있는 곳에 당신도 가게 됩니다.

대부분의 사람들은 일정 수준 이상 더 높이 오르긴 힘들거든요.

반가운 마음으로 축하해 주세요.

대신에 한마디 꼭 해주세요.

당연히 대놓고 이야기하면 안 되겠죠.

속으로 몰래 하세요.

이렇게요.

이따 봐!!!

66 천천히 꾸준히! 99

천천히 가도 괜찮아

초판 1쇄	2020년 10월 19일
지 은 이	이재범 (핑크팬더)
펴 낸 이	묵향
책임편집	묵향
디 자 인	파이브에잇_이다래
펴 낸 곳	책수레
출판등록	2019년 5월 30일 제2019-00021호
주 소	서울시 도봉구 노해로 67길 2 한국빌딩 B2
전 화	02-3491-9992
팩 스	02-6280-9991
이 메 일	bookcart5@naver.com
포 스 트	https://post.naver.com/bookcart5
블 로 그	https://blog.naver.com/bookcart5
인 스 타	@bookcart5
ISBN	979-11-90997-00-3 (03810)